可愛ければ変態でも好きになってくれますか？

9

花間燈

イラスト：sune

「藤本さん、めちゃくちゃいい匂いがする」

「そ、そんなこと、言わないで……っ
ひうっ!?」
鼻先が肌にふれるたび、くすぐったそうに身をよじる彩乃。

「というわけで兄さん？
可愛い妹とイイコトしよう？」

「なにこの展開!?」

尻もちをつき、手を後ろについた状態で固まる慧輝。
そんな男子の上に、すがりつく体勢で止まった真緒。
もう一度言うが、お互いに裸である。
彼女のけして小さくない豊かな膨らみが
慧輝の胸板に押し当てられ、
生々しい柔らかさが容赦なく襲いかかった。
（これは、まずい……っ!?）

もくじ

可愛ければ変態でも好きになってくれますか？９

花間 燈

MF文庫J

口絵・本文イラスト●sune

…プロローグ…

「桐生《きりゅう》君に大事な話があるの」

真剣な面持ちでそう言ったのは、旅館の浴衣に身を包んだ藤本彩乃《ふじもとあやの》だった。

そこは林間学校で使用している宿泊施設のベランダで、不純物の少ない冬の夜空には綺《き》麗《れい》な星が幾つもまたたいている。

「大事な話？」

同じく浴衣姿の慧輝《けいき》が聞き返すと、彩乃がこくりと頷《うなず》いて、後ろに回していた両手を胸の前に突き出した。

ラブレターを渡すように彼女が差し出したもの。

それは純白の可愛《かわい》いパンツで——

「彩乃さんと、パンツの交換《トレード》……しよ？」

「しません」

呼吸するように、自然と断りの言葉が口をついていた。

生徒会副会長でもある彩乃は匂いフェチの変態娘。

これまでの経験から、慧輝はこの展開を予想していた。

彼女が慧輝《けいき》の脱ぎたてパンツを欲していることは知ってるし、いかにも愛の告白が飛び出しそうなシチュエーションから変態的カミングアウトに繋《つな》がるのはもはや恒例行事。

しかし、そのあとの彩乃《あやの》の反応は想定外のものだった。

「わかった。桐生《きりゅう》君のパンツは諦める」

「あれ？　今日の藤本《ふじもと》さん妙に物わかりがいいな」

いつもならもう少し食い下がるのに、この時に限ってあっさりと引き下がった彩乃に慧輝は違和感を覚えた。

「そのかわり、桐生君にわたしの脱ぎたてパンツを被《かぶ》ってもらう」

「はい？　今、なんて？」

「最近の桐生君、愛梨《あいり》や会長と仲がいいから……お仕置きするの」

「そういうのは唯花《ゆいか》ちゃんの専売特許では!?」

ドSではないはずの副会長の言動に恐れおののく桐生君。

反射的に逃げようとするも、正面から飛びついてきた彩乃の体当たりを避けられず、その場に押し倒されてしまった。

「ちょっ、藤本さん!?」

「女たらしの桐生君なんて、パンツを被って変態仮面になればいい」

「変態仮面!?」

女子のパンツを被るとか、それは紛《まご》うことなき変態仮面だ。

そんなものに変身したら、もう二度とお天道様《てんとさま》の下を歩けなくなってしまう。

「うふふ……」

慧輝の上にまたがったまま、本来は脚を通すためのショーツの穴に手を入れて、仮面《マスク》に見立てたそれを持って彩乃が迫る。

「はい、どうぞ？」

「う……うわあああああああああっ!?」

彩乃がパンツを被せようと両手を伸ばし、広げられた下着の裏地が視界を覆い隠した瞬間、夜の旅館に慧輝の悲鳴が響き渡ったのだった。


「──兄さん？　兄さんってば。もう朝だよ？」

「う、うーん……パンツは……パンツはマジで勘弁でござるぅ……」

「どんな寝言？　もう起きないと遅刻しちゃうよ？」

「ん……んん～……？」

柔らかな声で諭され、肩を優しく揺すられて慧輝が目を開けると、最愛の妹である瑞葉《みずは》と目が合った。

「……あれ……瑞葉《みずは》……？」

ベッドに横たわったまま視線を巡らせると、そこは見慣れた自分の部屋で。

枕元に置かれた時計は午前七時を示しており、カーテンの開けられた窓からは朝日が差し込んでいた。

「よかった……アレは夢だったんだな……」

唯花《ゆいか》にパンツを詰め込まれる夢はよく見るが、犯人が彩乃《あやの》のバージョンは初めてだ。

のんきな欠伸《あくび》を漏らしながら慧輝《けいき》がのそりと体を起こすと、ベッド脇に立っていた瑞葉がにこりと笑う。

「おはよう、兄さん。今日は少しお寝坊さんだね」

「おはよう、瑞葉。ちょっと悪い夢を見てたん……だ？」

台詞《せりふ》の語尾についた疑問符。

その原因は想定外の光景が目に飛び込んできたからである。

「ナースさん……だと!?」

そう、瑞葉はなぜかナース服を着用していた。

眩《まぶ》しい白衣に短いスカートという魅惑的なコスチュームに、もちろんキュートなナースキャップも完備。

自分の部屋にナースのコスプレをした妹がいる――

信じられない話だが、目をゴシゴシしてもその事実は変わらなかった。

異次元すぎる展開に慧輝は「なるほど」と納得する。

「そうか、俺はまだ夢の中にいるんだな……」

「夢じゃないよ？」

「朝から妹がナースのコスプレしてるとか、そんなラノベみたいな話があるわけないだろ！」

「兄さんが全力で現実逃避してる……」

「そこまで言うなら証明してもらおうか」

「証明？」

「ちょっと俺のほっぺをつねってみてくれ」

「いいけど……」

了承した瑞葉が手を伸ばし、兄の頬《ほお》を軽くつねる。

「どうですか？」

「うむ、普通に痛いな」

力加減は優しかったが確かな痛みがあった。

どうやら本当に夢じゃないらしい。

「それで、瑞葉はなんでそんな格好《かっこう》を？」

「兄さんの頭の中をわたしでいっぱいにしようと思って」

「朝からヤンデレみたいなこと言わないでくれ」

「というのは冗談で。本当は、兄さんをムラムラさせようと思ってやりました」

「ムラムラ!?」

意図はわからないが、彼女は自分の兄をムラムラさせようとしたらしい。

ムラムラしたかはともかく、ナース姿が衝撃的すぎて眠気はすっかり吹き飛んだ。

「というか、よくそんな服持ってたな」

「似合う？」

「愚問だな。これ以上ないくらい似合ってるし、こんなナースさんがいるならいつまでも入院していたい」

「ありがと。兄さんのために作ってみました」

「まさかの自作」

「唯花《ゆいか》ちゃんほど上手じゃないけどね」

それでも素人目には充分なクオリティに思える。

桐生《きりゆう》さんちの瑞葉《みずは》ちゃんは料理上手で掃除好きで、裁縫スキルまで備えているハイスペックな妹だった。

「兄さんが体調を崩したら、この格好《かっこう》で座薬を入れてあげるね」

「普通に飲むやつでよくない？」

座薬なんて子どもの頃に母親に入れられて以来使った記憶がない。

「というか、瑞葉、ちょっとはしゃいでる？」

「そうかも。今日から林間学校だから」

「ああ……」

思わず視線を向けた先、机の横にはほどよく膨らんだリュックサックが置かれている。

昨日の晩に慧輝《けいき》がアレコレ荷物を詰めて準備したものだ。

「そろそろ本当に支度しないと。朝ご飯できてるから、顔を洗ってきてね」

「了解。瑞葉もその服着替えてこいよ」

「はーい」

衣装を見せて満足したのか、素直に返事をして瑞葉が部屋を出ていく。

それを見送ってから、慧輝は再びリュックに視線を戻した。

「林間学校か……」

林間学校といえばスクールライフにおける定番イベントである。

二年生限定の行事ということで、妹の瑞葉にクラスメートの真緒《まお》、生徒会副会長の彩乃《あやの》と一緒に参加することになるのだが――

「何事もなければいいいんだけどな……」

口を伝うのは切実な願い。

そんなことを呟《つぶや》きつつも、これまでの経験から何事もないわけがないことを慧輝《けいき》は否応《いやおう》なしに予感していた。

おそらく彼女達はこの合宿でなんらかのアクションを起こす。

腐女子に露出魔、匂いフェチが一堂に会するのだ。

これで何もないほうがおかしい。

まず間違いなく彼女達は慧輝を狙ってくる。

「まあ、俺だっていつまでもやられっぱなしでいる気はないけどな」

確かに変態娘達は厄介だ。

けれど、慧輝とて無抵抗で変態に屈するつもりはなかった。

「このイベント中に、凍結していた『脱・変態計画』を進展させてみせる！」

ここのところいろいろあって中断を与儀なくされていた、変態娘達を更生させて真人間にする計画。

その悲願を果たすのに林間学校はまたとない機会である。

バラ色の青春を送るためにも、このチャンスを逃す手はなかった。

第一章　カレーのちパンツ

山間部にある宿泊施設に向け、朝の道路を悠々と走るバスの車内。

私服姿のクラスメート達が雑談に花を咲かせるなか、左後方の席に陣取った慧輝と翔馬《しょうま》のふたりも会話を交わしていた。

「だんだん建物が少なくなってきたな」

「そろそろ目的地が近いのかもしれないね」

バスが学校を出発してから約一時間。

窓の外は見慣れた街の景色から、のどかな田舎の風景へと姿を変えていた。

もう山に入ったのだろうか。窓の外は木々が生い茂り、時おり収穫を終えた野畑や田んぼが顔を出すような、そんな道が続いていく。

翔馬の言う通り目的地が近いのかもしれない。

「人里離れた場所で二泊三日か。悪くないシチュエーションだな」

「なんの話だい？」

「いい機会だから、合宿中に『脱・変態計画』を進めようと思ってるんだ」

「ああ、その計画まだ続いてたんだね」

翔馬《しょうま》が忘れるのも無理はない。

変態からの脱却と書いて『脱・変態計画』。

桐生慧輝《きりゅうけいき》が素敵な女子と結ばれ、輝かしい青春を謳歌《おうか》するために、その障害となる変態変態娘達を真人間に更生しようと発足した一大プロジェクトである。

文字通り変態脱却を目指した本計画だが、その達成率は未《いま》だにゼロパーセント。

計画を宣言してからただのひとりも更生できていなかった。

「今日さ、夢の中に藤本《ふじもと》さんが出てきたんだよ」

「藤本さん?」

「ああ、なんかいろいろあってパンツを顔に被《かぶ》せられそうになった」

「それはバイオレンスな展開だね」

「危うく変態仮面にされるところだった。けど、考えてみると現実でも普通に起こりうる話なんだよな」

「え、普通に起こりうるのかい?」

変態相手に常識は通用しない。

男子の口に自分のパンツをねじ込む後輩がいるくらいだ。

顔面に下着を被せてくる同級生がいてもおかしくない。

冗談のようだが、変態娘にかかればあながちあり得ない話ではないのだ。

「今までは書道部のみんなをどうにかすればいいと思ってたけど、藤本さんも無関係じゃないんだよな。あの人、未だに俺のパンツを狙ってるっぽいし……」

女装趣味の凛太郎《りんたろう》や百合《ゆり》好きの愛梨《あいり》はともかく、匂いフェチの彩乃《あやの》は慧輝の恋路の障害になる可能性がある。

「書道部のメンバーだけでも手を焼いてるのに、生徒会役員まで更生するとなると……」

「だいぶオーバーワークだね」

それに加え、最近になって生徒会長の鷹崎志帆《たかさきしほ》にＮＴＲ《ネトラレ》趣味があることが発覚した。

志帆との約束通り、翔馬を含め誰にも秘密を話していないが、彼女が今後どういう動きをしてくるのかも気になる。

変態娘にまつわる問題は山積みだ。

「とはいえ、諦めたらそこで試合終了だからな」

「それで、作戦のプランは考えてきたのかい？」

「いいや、それがまったく」

「え、まったく？」

「ああ、ぶっちゃけノープランのお手上げ状態だ。奴《やつ》らは訓練された変態だからな。正直、どう攻めたら倒せるのか見当もつかない」

「なんだか熟練の戦士みたいだね」

「というわけで、一緒に作戦を考えてくれ」

「そう言われても、すぐには思いつかないよ」

「まあ、そうだよな」

今までもいろいろ試してみたがダメだったのだ。

簡単に妙案が思いつくなら苦労していない。

みんなの変態を治すには常識にとらわれない荒療治が必要だろう。

そんなことを考えながら、慧輝《けいき》は気になっていたことを尋ねる。

「そういや翔馬《しょうま》、夕妃《ゆうひ》さんのことなんだけどさ」

「夕姉がどうかしたのかい？」

「いやまあ、たいしたことじゃないんだけど。元気にしてるかと思って」

「え？　まあ、そうだね……相変わらず朝姉と一緒にベタベタしてくるし、迷惑なくらい元気だけど……それがどうかしたのかい？」

「いや、それならいいんだ」

それを聞いてほっと胸をなでおろす。

（よかった。夕妃さん、大丈夫みたいだな）

文化祭の時に失恋した夕妃だが、最近になって意中の相手ができたらしく、慧輝はその恋を実らせるべく彼女から相談を受けていた。

その過程で経験豊富と自称していた夕妃が実は処女だったことが判明したのだが、それはともかく。

最終的に、相手の男にはどうやら好きな女子がいたそうで、夕妃本人からまた失恋してしまったと連絡を受けたのだ。

電話では「応援してくれたのにごめんね」と笑いながら話していたが、失恋続きで落ち込んでいないか心配だった。

(夕妃さんを振るなんて、そいつも見る目がないよな)

恋愛相談に乗っている間に知った夕妃はなんだか憎めない可愛《かわい》い人だった。

意中の相手は慧輝と同年代だったらしいが、なんとも罪な男である。

「それと翔馬、美人のお姉さんふたりにベタベタされるのは、一般的にはご褒美だからな」

「姉じゃなくて小学生の妹だったらいつでもウェルカムなんだけどね」

「ダメだこいつ、ロリコンに磨きがかかってきてる」

そんなロリコンこと秋山《あきやま》翔馬はジーンズのポケットからスマホを取り出すと、その画面に愛《いと》しい恋人の写真を表示させた。

先日の痴話ゲンカの際、瑞《みず》葉《は》の部屋で撮られた小春《こはる》の水着写真である。

慈愛の瞳で彼女の写真を見つめると、彼は「はあ……」と溜息《ためいき》をついた。

「林間学校は楽しみだけど、三日も小春ちゃんに会えないのは寂しいよね」

「まだ林間学校、始まってもいないけどな」

今からこんな感じだと心配だ。

翔馬《しょうま》の場合、本当に『小春《こはる》たん欠乏症』になりそうでこわい。

「けどまあ、仲良くやってるみたいで安心した」

「あはは、僕が小学生に目移りしたせいで一大事だったからね」

「それは本気で反省しろ」

「それにしても、小春ちゃんは本当に可愛《かわい》いなぁ……今すぐ抱きしめて好きなだけハスハスしたい」

「そういう妄想はひとりの時にやってくれ。ドン引きだわ」

水着ロリの写真を見ながら「ハァハァ」する変態紳士に思わず身を引く。

友人じゃなかったら通報するレベルだ。

「……ん？　ドン引き？」

自分の口にした言葉がなぜか引っかかった。

それと同時に、慧輝《けいき》の脳裏にひとつのアイデアが浮かぶ。

「そうか……その手があったか……」

「え、なにが？」

「思いついたんだよ。みんなを更生するための新しい作戦を」

「お、それはぜひとも聞きたいね」

翔馬の興味を引いたところでその妙案を披露する。

「要は、俺も変態になればいいんだよ」

「……」

その瞬間、呆気《あっけ》にとられた友人が言葉を失った。

それから本気でいたわるような視線を向けてくる。

「慧輝……女の子をペットにしたり、踏まれて悦《よろこ》んだりするのはちょっと……」

「違うから。マジで誤解だからその目はやめてくれ」

ロリコンからの冷めた視線が痛い。

誤解を解くため、順を追って説明することにした。

「変態になるっていっても、もちろん演技だ。あえて俺もみんなと同じ趣味嗜好《しこう》の変態になりきるんだよ」

「どういうこと？」

「たとえば、俺が体臭目当てで女子にパンツを脱ぐよう強要したらどう思う？」

「全力で軽蔑するけど……あっ、そういうことか！」

「気づいたみたいだな」

そう、これはそう難しい話じゃない。

普段、慧輝《けいき》が体験している変態事件を加害者の女子達に味わってもらうだけ。

「俺がみんなに変態行為を繰り返せば相手はドン引きするだろう。そうすれば、これまでの自分達の振る舞いを見つめ直して反省するはずだ。うまくいけば更生にも結びつくかもしれない」

要するに反面教師と同じ方法である。

(前に、俺を拘束しようとした唯花《ゆいか》ちゃんに同じ要領で反省してもらったことがあるからな。この作戦は他の変態娘にも有効なはずだ)

変態行為をすることに慣れていても、されることには慣れていないはず。

セクハラされる側の気持ちを味わうことでこれまでの行いを反省してもらい、変態から脱却してもらうという完璧な作戦である。

「歯には歯を、変態には変態を——名付けて『反面教師作戦』だ!」

「捨て身の作戦だけど、効果は見込めるかもね」

「ふふふ。そうだろうそうだろう」

「けど、変態ってなろうと思って簡単になれるものなのかい?」

「そこは問題ない。要は普段のみんなを真似《まね》すればいいだけだからな」

伊達に何度も変態の被害に遭っていない。

彼女達の行動パターンはだいたい理解していた。

模倣するのは難しくないだろう。

「くっくっく。林間学校が楽しみになってきたな」

「顔が完全に悪役だけどね」

慧輝が主人公らしからぬ邪悪な笑みを浮かべた数分後、二年B組の生徒を乗せたバスは無事目的地である宿泊施設に到着した。


林間学校という名の通り、合宿施設は山間部にある大型の旅館だった。

森の中にそびえる四階建ての建物はまだ新しい。

このあたりは夏場になると森林浴やキャンプ地としても人気があるらしいが、さすがに十一月も終わりのこの時期は客足が遠のくようで、林間学校の合宿所として貸し切りで提供してくれているらしい。

バスを降り、荷室に預けていたリュックを受け取った慧輝と翔馬《しょうま》はさっそく荷物を当面の根城となる宿の部屋に運び込んだ。

「和室は風情があっていいよね」

「そうだな」

慧輝達の部屋は二階にある八畳の和室だった。

普段はベッドで寝ているので、たまには布団も悪くない。

「それにしてもラッキーだったね。ひと部屋をふたりで使えるなんて」

「だな。大人数でいるより気楽だし」

滞在中はここに翔馬《しょうま》とふたりで寝泊まりすることになる。

本来は四人でひとつの部屋なのだが、B組男子の人数の関係で慧輝《けいき》達だけふたりになったのだ。

ちなみに三階より上は女子の部屋になるので、もちろん男子は立入禁止である。

「ただでさえ慧輝はハーレム疑惑のせいで男子から目の敵にされてるしね」

「その疑惑、まったくの事実無根なんだけどな」

桐生《きりゅう》慧輝は美少女だらけの書道部において唯一の男子生徒である。

そんな羨ましすぎる環境に加え、所属する女子全員と仲がいいこともあり、慧輝は『書道部のハーレム王』の名をほしいままにしていた。

実際はハーレムどころか変態の巣窟なのに、女子部員達の性癖を知らない連中には関係のない話で、慧輝に対する嫉妬の視線は未《いま》だに消えていない。

「たまにハーレムを作るコツとか聞かれるけど、そんなものがあるなら俺が教えてほしいよ」

「それは僕も興味があるね。ロリハーレムの作り方があるなら是非とも知りたい」

「小春《こはる》先輩に言いつけるぞ」

「あはは、冗談だよ」

「翔馬が言うと冗談に聞こえないんだよ」

小学生に目移りした前科もあるし油断ならない。

「荷物も下ろしたし、もう少ししたら外にいかないとね」

「ああ、昼飯のカレーを作るんだっけ」

取り出した林間学校のしおりによると、荷物を運び入れ、しばしの休憩時間を挟んだあとは班ごとに分かれてのカレー作りとなっている。

「この寒いのに外で調理実習とか、誰が考えたんだろうな」

「まあ、カレー作りは林間学校の定番だしね」

引っ張り出した座布団に座り、慧輝がしおりを眺めていると、コンコンとドアがノックされた。

「おや、誰だろう？」

「翔馬、頼む」

「はいはい」

苦笑しながら翔馬が来客を出迎えにいく。

短い廊下の先にあるドアを開け、誰かと何事か話した彼はすぐに戻ってきた。

「慧輝《けいき》にお客さんだよ」

「俺に？」

しおりから顔を上げると、そこにいたのは見知った人物で――

「藤本《ふじもと》さん？」

「お、お邪魔します……」

部屋に入ってきたのは藤本彩乃《あやの》だった。

デニムのショートパンツに黒タイツを合わせ、暖かそうなパーカーを羽織った彼女が何やら緊張した様子でぺこりと頭を下げる。

「いったいどうしたんだ？」

「あ、その、えっと……」

尋ねると、彩乃がそわそわと翔馬《しょうま》を見る。

「じゃあ、僕は先に外にいってるよ」

「ああ、わかった」

瞬時に空気を読んだ翔馬が部屋を出ていった。

それを見送ってから彩乃に声をかける。

「とりあえず座ったら？」

「……うん」

コクンと頷《うなず》いて彩乃が正面の座布団に正座する。

お互い席に着いたところで改めて話を切り出す。

「それで、今日はどういったご用件で？」

「実は、桐生《きりゅう》君に話があって……」

「話？」

「うん、すごく大事な話」

「ほう、大事な話とな？」

その瞬間、慧輝は直感した。

（これは十中八九、俺のパンツを狙ってるパターンだ！）

研ぎ澄まされた第六感が間違いないと告げている。

話というのはトランクスを渡せとかそういう類のものだろう。

さすがにもう睡眠薬を盛ることはないだろうが、彩乃が虎視眈々《こしたんたん》と慧輝のパンツを狙っているのは間違いない。

彼女は男子の体臭で興奮する匂いフェチ。

今回の林間学校イベントで念願の使用済みパンツをゲットするつもりなのだ。

（けど、この状況はむしろチャンスかもしれないぞ）

慧輝と彩乃はクラスが違う。

合宿中にA組の彼女とふたりきりになれる機会は少ないはず。

例の作戦をどう実行に移すか考えていたが、向こうからきてくれたのは幸運だった。

（よーし、そっちがその気なら嗅がれる前に嗅いでやる！　異性に体臭を嗅がれるのがいかに恥ずかしいか思い知るがいい！）

ここは先手必勝。

彩乃《あやの》がパンツを要求する前に、こちらから仕掛けることにした。

「藤本《ふじもと》さん！」

「えっ？　……な、なに？」

「藤本さんの話を聞く前に、頼みがあるんだけど」

「頼み？」

「俺に、藤本さんのパンツをくれないか？」

「……ほえ？」

一瞬、彩乃が見たこともない顔をした。

唐突すぎる変態発言にぽかんとした彼女は、言葉の意味を理解して茹《ゆ》でたタコのように顔を真っ赤にする。

「えええっ⁉　ぱ、パンツ⁉　どうして⁉」

珍しく大きな声を出し、慌てふためく副会長。

突然男子にパンツを要求されたのだから当然の反応である。

だがしかし、ここで手は緩めない。

ターゲットが戸惑っている今が好機。

変態になりきった慧輝《けいき》は更に畳みかける。

「藤本さんの、パンツの匂いが嗅ぎたいんだ！」

「っ⁉」

堂々と放たれた最低な台詞《せりふ》に彩乃が息を呑《の》む。

予想通り『反面教師作戦』の効果は抜群だった。

変態娘はセクハラすることに慣れていても、されることには慣れていない。

男女を逆にするだけで「パンツをください」という台詞がここまで犯罪的になるとは思わなかったが結果オーライだろう。

誰かに見られたら通報案件だな、などと内心ドキドキしながら交渉を続ける。

「ダメかな？」

「そ、そんなの……いきなり言われても……」

「俺はけっこうな頻度で藤本さんに言われてるけど？」

「そうだけど……」

「なんなら、俺のパンツと交換してもいいぞ」

「えっ⁉」

「前に言ってたじゃないか。お互いのパンツをトレードしてもいいって」

「い、言ったけど……」

「けど？」

「匂いを確かめられるのは、その……は、恥ずかしい……」

「………」

この時、慧輝《けいき》は思った。

それはこっちの台詞《せりふ》なんですけど、と。

いきなりハグされたり、胸に顔を埋《うず》められたり、異性に体臭を嗅がれるのは普通に恥ずかしいのだ。

「つまり、俺の要求には応えられないってわけか」

「(コクコク)」

「しょうがない。そこまで言うならパンツは諦めよう」

「……ほっ」

「パンツを拒否するなら、直接匂いを嗅ぐまでだ」

「……え？」

そう、今の慧輝は匂いフェチの変態である。

パンツの譲渡を断られたくらいで真の変態は止まらない。

女子の体臭を求めて席を立ち、彩乃《あやの》の前に移動した慧輝は、状況がつかめず戸惑う彼女を正面から抱きしめた。

「き、桐生《きりゅう》君!?」

「クンカクンカ」

「〜〜〜〜〜っ!?」

すかさず彼女の首筋をクンクンすると、彩乃が声にならない悲鳴を上げる。

拘束から逃れようと必死にジタバタするも、体格の違う男子の力には勝てず、自身の匂いを提供し続けるしかない。

「藤本《ふじもと》さん、めちゃくちゃいい匂いがする」

「そ、そんなこと、言わないで……ひうっ!?」

鼻先が肌にふれるたび、くすぐったそうに身をよじる彩乃。

そんな異性の姿に嗜虐《しぎゃく》心をくすぐられると同時に不安も生まれる。

(俺、捕まったりしないよな?)

さすがに罪悪感に苛《さいな》まれるが、これも普段から慧輝が彼女にされてることだ。

抱きつかれて匂いを嗅がれたのは一度や二度じゃない。

というか、ここまでしておいて今さらあとには引けないし、どのみちこのまま突き進む以外に選択肢はないのである。

そんなわけで、もっと美少女の匂いを堪能することにする。

「ふはははは
っ！　こいつは充電が捗《はかど》るぜえええっ!!」

「き、桐生《きりゅう》く……や……やめ……っ」

ノリノリで変態を演じる慧輝《けいき》。

それに対し、彩乃《あやの》は息も絶え絶えな様子で。

少し汗ばんできた首筋がなんだか色っぽくて、まるでエッチなことをしてるみたいで興奮してしまう。

(真っ赤になった藤本《ふじもと》さん、めちゃくちゃ可愛《かわい》いな……)

顔を赤くして恥ずかしがる姿はなかなかそそるものがあり、S属性はないはずなのに妙にドキドキした。

正直、最低なことをしている自覚はある。

若干彩乃が可哀想《かわいそう》になってきたが容赦はしない。

これに懲りてこちらのパンツを諦めてくれるまでが計画なのだ。

そのためにも――

「普段の仕返しに、今日は心ゆくまでクンカクンカさせてもらうぜ！」

「ああっ、そんなっ!?」

ダメ押しとばかりに鼻を押しつけ、首筋から執拗《しつよう》に匂いをクンクンする。

もう完全にアウトな絵面《えづら》だがそんなことはどうでもよかった。

（ふははははっ！　さあ、変態匂いフェチと化した俺にドン引きするがいい！　そして自分がいかに変態だったか思い知り、これまでの行いを悔い改めるがよいわ！）

作戦も終盤となり、ミスター桐生のテンションも最高潮。

これ以上なく場が盛り上がってきたところで――

「……アンタ、なにしてんの？」

「へ？」

彩乃のものではない、女子の声がかけられた。

振り返った慧輝の目に映ったのは、印象的な赤茶色のサイドテール。

ジーンズに白のニットという動きやすさ重視の格好《かっこう》で、かつてないほど冷たい目をした南条《なんじょう》 真緒《まお》がそこにいた。

「ええっと……ど、どうして南条がここに？」

「そんなの、桐生と秋山《あきやま》が乳繰り合ってないか見にきたに決まってるでしょ」

「いい迷惑なんだけど!?　誰が男なんかと乳繰り合うか！」

「そうみたいだね。秋山のことはそっちのけで、副会長と乳繰り合ってたみたいだし」

「うおっとおおおっ!?」

真緒《まお》に指摘され、慌てて彩乃《あやの》を解放する。

ようやく変態の魔の手から逃れた彩乃がぺたんとその場に崩れ落ち、頬《ほお》を紅潮させたまま「はう……」と悩ましげな声を奏でた。

そんな被害者の様子に、真緒の視線が更に冷たいものになる。

「女子の匂いをクンクンするとか……そっか……桐生《きりゆう》ってそういう趣味が……」

「違いますけど!?」

「なにが違うの？　この状況で言い逃れはできないと思うけど？」

「確かに状況証拠は揃《そろ》ってるけども！」

執拗《しつよう》に彩乃をクンクンしている現場を目撃されたのだ。

どんな事情があれ、匂いを嗅いでいた事実は変わらない。

ここから誤解を解くのは相当難易度の高いミッションである。

「……そういうのが好きなら、言ってくれればあたしだって……」

「はい？　なんだって？」

「もういいっ！　桐生のことなんてもう知らないっ！」

声を荒らげて真緒が背を向ける。

駆け出そうとした彼女に慧輝《けいき》が咄嗟《とっさ》に手を伸ばす。

「ちょっ、待ってくれ南条《なんじょう》！」

「近づかないで、この変態！」

「変態!?」

ぴしゃりと言い放って赤毛の同級生は部屋を出ていった。

吐き捨てるような罵倒が胸に突き刺さり、慧輝はそれ以上追うことができず、彩乃と同様にその場に膝から崩れ落ちる。

「変態って言われた……南条に変態って言われた……」

嫌がる女子の体臭を無理やり嗅ぐとか、もう完全に変態だ。

変態になりきるとは言ったが、ここまでストレートに言われるとショックが大きい。

女子に変態扱いされることがこれほど辛《つら》いとは思わなかった。

と、このタイミングで復活を果たした彩乃が立ち上がる。

「わ、わたしも、もういくねっ」

「あっ、藤本《ふじもと》さん!?」

まだ赤みの残る顔で言って、衣服の乱れを整えながら逃げるように退室していった。

ふたりが出ていったドアを見つめながら慧輝は呆然《ぼうぜん》と呟《つぶや》く。

「……どうしてこうなった？」

結局、彼女達にはなんの弁解もできなかった。

彩乃からすれば密室で突然男子に襲われたようなものだし、真緒の目には女子の匂いを堪能する変態野郎に映ったことだろう。

その結果、真緒《まお》の怒りを買い、彩乃《あやの》には逃げられてしまった。

これまで築き上げてきた信用を一瞬で失ってしまったのだ。

「……俺も、カレー作りにいくか」

実際の話、ここは一刻も早く彼女達の誤解を解くべきである。

それはわかっていたが、変態認定された事実を受け止めきれず、ひとまずカレーに現実逃避することにした。

その間に、ふたりの怒りが少しでも冷めることを期待して。


宿から少し歩いたところにあるキャンプ場、その炊事スペース。

そこでは同じ二年の生徒達が各クラス、各班ごとに分かれ、本日の昼食になるカレー作りの真っ最中だった。

「みんな楽しそうだな。けっこう寒いのに」

「そうだねぇ」

わいわい騒ぎながら具材を切ったり米を研いだりしている同級生達を尻目に、慧輝《けいき》と翔馬《しょうま》のふたりは火にかけた飯《はん》ごうの前に座り込み、その様子を見守っていた。

山間部なので、当然街に比べると気温が低い。

他の同級生もみんな暖かそうな服を着用しており、スカートを穿《は》いている女子もタイツ等を併用し、生足を出している猛者《もさ》はいなかった。

翔馬も慧輝と似たような動きやすさ重視の格好《かっこう》だったが、それでも様になってしまうのだからイケメンはずるい。

そんなことを考えていた時だった。

「おっす〜。第六班男子の諸君、お勤めご苦労さまっす」

横から話しかけてきたのは、ふわふわとした長い髪が印象的な女子。

「ああ、鬼塚《おにづか》さん。おっす〜」

ニットのカーディガンにスカート姿の彼女はフルネームを鬼塚恵《めぐみ》といい、同じ二年B組のクラスメートにして、今回のイベントで同じ班になった女の子だ。

B組六班のメンバーは慧輝と翔馬、真緒と恵の四人。

普段からつるんでいる三人組に恵を加えた四人の班構成である。

二年生にしては少し小柄な恵がにこっと人懐っこい笑みを浮かべて言う。

「手持ち無沙汰になったので、こっちの様子を見にきちゃいました」

「そうなんだ。とはいっても、こっちも飯ごうの前で待機してるだけだけどな」

「むしろ、調理を女子に任せっきりでごめんって感じだよね」

「あはは。まあ、私も南条《なんじょう》ちゃんの料理スキルが高すぎてやることなくなっただけなんですけどね。ホントすごいんすよ、南条ちゃん。私が手伝うより単騎のほうが作業が早いんだから」

「それは確かにすごいね」

「南条はああ見えて家庭的だからな」

シングルマザーの家庭環境で鍛えられ、一通りの家事スキルがあると以前本人が教えてくれた。

事実、文化祭で作ってくれたオムライスは絶品だったし。

真緒《まお》に任せておけば六班のカレーは安泰だろう。

慧輝《けいき》がまだ見ぬカレーに期待を膨らませていると、横に立った恵《めぐみ》がじっと慧輝の顔を覗《のぞ》き込《こ》んできた。

「ねーねー、ところで桐生《きりゅう》氏？」

「ん？」

「気になってたんだけど、南条ちゃんとなにかあったんすか？」

「あー……」

「それは僕も気になってた。真緒ちゃん、露骨に慧輝のこと避けてたからね」

恵の指摘に翔馬《しょうま》も同意する。

カレー作りが始まってからこっち、慧輝《けいき》と真緒《まお》との間に流れる微妙な空気をふたりは感じ取っていたようだ。

「まあ、ちょっとな……」

こうなると言い逃れも難しいので、お茶を濁しつつ調理台のほうへ視線を向ける。

そこでは仏頂面の真緒が鍋にじゃがいもを投入するところで、こちらと目が合うと「ふんっ」と露骨に顔を背けられてしまった。

一部始終を見ていた恵《めぐみ》がニヤニヤした顔でひと言。

「これはアレっすね。もしかしなくても痴話ゲンカですね」

「違うから。そもそも、俺と南条《なんじょう》はそういうんじゃないし」

「そうなんすか？　仲いいのに意外……」

本当に意外そうに恵が目をパチパチさせる。

多少仲がいいくらいでカップルが成立するなら世の中はカップルだらけだ。

慧輝がそう思っているように、真緒のほうも慧輝をただの男友達としか思っていないだろう。

「とにかく、南条とはちょっとした手違いがあっただけだから心配しないでくれ」

「ふーん？　まあ、いいけど……せっかくの林間学校なんだし、早く仲直りしたほうがいいっすよ？」

「善処するよ」

とはいったものの真緒と仲直りするのは骨が折れそうだ。

話をするどころか目も合わせてくれないし。

それに、問題は真緒だけじゃない。

(さっき、藤本《ふじもと》さんにも思いきり避けられたしな……)

先ほど外で見かけたので声をかけたらダッシュで逃げられたのだ。

まあ、いきなり男子に抱きつかれたうえクンクンされたのだから当然の反応である。

事情を説明しない限り変態のレッテルは消えないだろう。

皮肉にも、彼女達をドン引きさせるという作戦自体は成功しているのだが……

そうして調理開始から一時間後。

男子が担当した米は無事に炊き上がり、真緒がほぼひとりで完成させたカレーも出来上がった。

屋根付きの食事スペースに移動し、六班の四人は同じテーブルを囲む。

慧輝の隣に翔馬《しょうま》、正面に恵、彼女の隣に真緒がいる席順だ。

「わー、おいしそうっすね！」

並べられたカレーの出来栄えに恵が目を輝かせ、

「真緒ちゃん、本当に料理上手なんだね」

翔馬《しょうま》が真緒《まお》の仕事を称賛して、

「そうでもないけど。カレー簡単だし」

当の南条《なんじょう》シェフは素っ気ない返事を返している。

機嫌が悪いからとかではなく、基本的に真緒は誰に対してもこんな感じだ。

翔馬はもとより、クラスメートである恵《めぐみ》もその辺は理解しているので、特に気にした様子もなくお喋《しゃべ》りに興じている。

そんなメンバーの中でひとりだけ、言葉を発していない人物がいた。

「………」

神妙な表情で無言を貫いているのは桐生慧輝《きりゅうけいき》その人である。

原因は目の前に置かれたカレー。

慧輝のカレーは本日のシェフである真緒がよそったものなのだが、その見た目にはスルーできない大きな問題があった。

「あの……南条さん？　俺のカレー、めちゃくちゃ赤いんですけど？」

そう、そのカレーは他の班員のそれとは一線を画すものだった。

率直に言って赤い。

赤い以外に形容できないくらいに赤い。

誰が見ても「このカレーはヤバい」と危機感を抱くレベルだ。

おどろおどろしい色味に引き気味の慧輝に、真緒が澄ました口調で答える。

「桐生のだけ特別に、激辛にしといたから」

「激辛かー……」

再び皿を見下ろし、その鮮烈な赤さにごくりと喉を鳴らす。

「うわ、本当だ。桐生氏のカレー、地獄みたいな色してるっすよ」

「これは食べるのに勇気がいるね……」

恵と翔馬のふたりも激辛カレーのルックスに引いていた。

「俺、あんまり辛いのは苦手なんだけどな……」

「あたしのカレーが食べられないの？」

「そんなことは……い、いただきます……」

出されたものは残さず食べるのが桐生家の家訓である。

それは激辛カレーも例外ではない。

震える手でスプーンを持ち、カレーを絡めたご飯をすくい上げると、意を決して口に運んだ。

「もぐもぐ……か、辛ああああああっ!?」

なんというか、もう見た目通りの味だった。

口の中に入れた瞬間に広がる暴力的な刺激は辛いというより、もはや痛い。

これはもう人間の食べ物ではない気がする。

ひと口目にしてスプーンの止まった慧輝《けいき》に、恵《めぐみ》と翔馬《しょうま》が優しく語りかける。

「大丈夫っすよ。ちゃんと骨は拾ってあげますから」

「短い間だったけど、慧輝といられて楽しかったよ」

「え、俺の人生ってここまでなの？」

死因が最後の晩餐《ばんさん》とはなんの冗談なのか。

ただ、これを残すと真緒《まお》の怒りゲージが更に増すおそれがある。

「……くっ、もうどうにでもなれ！」

味はどうあれカレーと食材に罪はない。

お残しは許されない空気のなか、他の三人が普通のカレーに舌鼓を打つのを横目に、慧輝は決死の覚悟で激辛カレーを食べ続けた。

「……あれ？　辛いけど、慣れてくると案外イケるかも？」

体が辛さに慣れたのか、それとも味覚が壊れたのか。

次第にスプーンが止まらなくなった。

最初は口が焼けるかと思ったが、次第に辛さの中にコクのようなものを感じるようになり、後半は夢中になって食べてしまった。

「ごちそうさまでした……」

汗だくになりながら最後のひと口を食し、スプーンを置く。

「なんとか完食したけど……うう……口から火が出そう……」

「大丈夫っすか？　お水飲む？」

「ありがとう、鬼塚《おにづか》さん」

恵に水の入ったコップを貰《もら》い一気に飲み干す。

しかし荒ぶる激辛の風味をかき消すことはできず、ヒリヒリとした刺激が絶え間なく口《こう》腔《くう》内を陵辱していた。

「……ダメだ。水くらいじゃぜんぜん辛さから逃げられない」

「ありゃりゃ、それは難儀っすね」

お手上げである。

仕方がないのでジュースでも買いにいこうと席を立つ。

「ちょっと宿に戻って飲み物買ってくる。財布が部屋だから少し時間かかるかも」

「了解。慧輝のぶんは僕が片付けておくよ」

「助かる」

気遣いに感謝を告げ、その場を離れる慧輝。

そんな友人の背中を見送って、翔馬が視線を正面に向けた。

そこに座っているのは、むすっとした顔の真緒である。

「わざわざ激辛カレーを振る舞うなんて、慧輝《けいき》となにかあったのかい？」

「言いたくない」

「ってことは、やっぱりなにかあったんだね」

「………………」

墓穴を掘った真緒《まお》が押し黙り、恵《めぐみ》が翔馬《しょうま》に加勢する。

「やっぱり痴話ゲンカっすか？」

「違うから。桐生《きりゅう》とは、そういうんじゃないし」

慧輝にしたのと同じ質問に、慧輝と同じ返答をする真緒。

「……本当に、そういうんじゃないし」

誰に言うでもなく呟《つぶや》いて、残りのカレーをたいらげた彼女が席を立つ。

「ちょっと様子見てくる」

それだけ口にして、返事を待たずに真緒は宿に向かっていった。

誰の、と言わないところが素直じゃない彼女らしい。

「……ねぇ、秋山《あきやま》氏？」

「なんだい、鬼塚《おにづか》さん？」

「もしかして、南条《なんじょう》ちゃんは俗にいうツンデレなのでは？」

「あれ、知らなかった？」

その問いかけに翔馬がおかしそうに笑う。

「真緒ちゃんは、超正統派のツンデレラだよ」

◇

一方その頃、二年生不在の私立桃沢《ももさわ》高校では――

「ねー、魔女先輩？」

「なにかしら？」

「なにか面白い話をしてください」

「そうね。古賀《こが》さんの胸部の話でいいかしら」

「それ、ぜんぜん面白くないやつです」

書道部の部室にて、定位置に座った朱鷺原《ときはら》紗雪《さゆき》と古賀唯花《ゆいか》のふたりが、何をするでもなく退廃的に昼休みを消化していた。

「……はあ、慧輝先輩がいないと退屈ですね」

「それは同意見だわ」

「今頃、先輩達は林間学校を楽しんでるんでしょうね」

「そうかもしれないわね」

「それなのに、どうして唯花《ゆいか》は魔女先輩なんかとだべってないといけないんでしょう」

「知らないわよ。嫌ならこなければいいじゃない」

後輩の生意気な言い分に眉根を寄せる紗雪《さゆき》だったが、何かを思いついて口の端を意地悪く吊り上げる。

「まあ、友達がいない古賀《こが》さんは書道部くらいしか居場所がないのでしょうけど」

「それ、魔女先輩もですよね？」

「否定はしないわ。お互い寂しい学校生活を送ってるのね」

「一緒にしないでください。確かに慧輝《けいき》先輩がいないのは寂しいですが、唯花には魔女先輩には真似《まね》できないスペシャルな予定があるんです」

「あら、ずいぶんと上からじゃない」

安い挑発だが、唯花が生意気なのはいつものこと。

紗雪は上級生として余裕を持って対応する。

「どんな素敵な予定があるのか、お聞かせ願おうかしら」

「ふふん、聞いて驚くといいですよ。なんと、唯花は今夜、愛梨《あいり》の家でお泊まり会をするんです！」

「なん……ですって!?」

お泊まり会。

その、なんともリア充《じゅう》っぽい甘美な響きに紗雪がおののく。

「それって、あのお泊まり会なの⁉　お友達と一緒にお風呂に入ったり、眠くなるまでゲームしたり、パジャマで恋バナしたりするあの⁉」

「その通りです。今日の放課後は一緒にお買い物にいって、夕飯はオシャレなパスタを作るんですよ」

「オシャレなパスタですって⁉」

「たっぷりきのこのクリームパスタを予定してます」

「すごくオシャレだわ⁉」

女子ふたりでクリームパスタなんて、人付き合いが苦手でひとりも友達がいなかった人物とは思えない発言である。

「あなた達、いつの間にそんな仲に……」

「あは、羨ましいですか？　唯花は友達のいない魔女先輩とは違うんです」

「わ、私にだって友達くらいいるわよ！」

「へぇ？　どなたですか？」

「お、鳳《おおとり》さん……とか？」

「なんで疑問形なんですか？」

「う、うるさいわね……というか、そもそも古賀さんだって長瀬《ながせ》さんと仲良くなる前は友達ゼロだったじゃない」

とはいえ、羨ましくないといえば嘘《うそ》になる。

家庭の事情でそういったイベントと無縁だった紗雪《さゆき》にとって、友達とのお泊まり会は人生で一度はしてみたい憧れの催しだった。

「そういうわけなので、あとでお泊まり会の写真を送りますね」

「なんの嫌がらせよ。性格の悪さがにじみ出てるわね。……あっ、さては部室にきたのもそれを自慢するためね!?」

「ふふん。悔しかったら、魔女先輩もすればいいんですよ」

「ふっ、上等じゃない……」

後輩にここまで馬鹿にされて黙ってなどいられない。

「私だって、鳳《おおとり》さんとお泊まり会をしてやるんだから!」

このあと、紗雪はさっそく小春《こはる》に電話をかけ、事情を説明してお泊まり会の約束を取り付けたのだった。

◇

様子を見てくると宣言した通り、飲み物を買いにいった慧輝《けいき》を追って、真緒《まお》はひとり宿に戻っていた。

「ロビーにはいないか……」

一階ロビーの自販機付近にターゲットの姿はなく、いちおう確認したが売店のほうにもいなかった。

財布が部屋にあると言っていたので、それを取りにいったのだろう。

仕方がないので男子の部屋がある二階に向かう。

「ムカムカしてたとはいえ、さすがに激辛はやりすぎたかな……」

八つ当たりとは大人げないと自分でも思う。

宿に着いて早々に副会長と乳繰り合っていた想《おも》い人に腹が立って、つい彼のカレーに赤色のスパイスを投入してしまった。

「桐生《きりゅう》って、やけに副会長と仲いいよね……」

生徒会に臨時役員として派遣されたあたりからだ。

最初は彩乃《あやの》のほうが慧輝にご執心といった感じだったが、生徒会と関係を持って以降、慧輝のほうも彩乃に気を許しているように真緒には見えた。

（もしかして隠れて付き合ってたり？　でも、桐生ってそういうの隠し通せるようなタイプじゃないし……）

だけどそれなら、真緒が見たあの状況はなんだったのか。

恋人でないなら、なおさら彩乃《あやの》を抱きしめていた理由がわからない。

むしろ付き合ってもいない女子の匂いを嗅ぐとか犯罪じゃないだろうか。

「……まあでも、桐生《きりゅう》のことだから、またしょうもないことに巻き込まれただけだよね、きっと」

あの朴念仁は面倒な女子に絡まれる体質なのだ。

真緒《まお》も含め、多数の変態女子に好かれているのがその証拠。

案外、あの副会長にもなんらかの秘密があるのかもしれない。

まあ、それはあとで慧輝《けいき》本人を問いただせばいいだろう。

それよりも、真緒が今いちばん気になっているのは別のことだった。

「というか、桐生ってほんとに匂いフェチなの？」

そう、今まで何気に秘匿されてきた桐生慧輝の性癖である。

巨乳好きなのは公言しているものの、具体的な趣味嗜好《しこう》に関して、あの男は自分から明かしたりしないのだ。

「いやまあ、それくらいのフェチならぜんぜん許容範囲だけど……」

南条《なんじょう》さん的には、相手が多少匂いフェチの変態さんでもOKだった。

さすがに下着の匂いとか、運動直後の体臭を嗅がれるのは嫌だが、常識の範囲内で髪や体の匂いを嗅がれるくらいは容認できる。

（むしろ、好きな人にされるなら悪くないというか……）

白状すると、首筋を嗅がれていた副会長が羨ましかった。

「恋人になれば、それくらいのスキンシップは普通だと思うし……や、付き合うとか、それはぜんぜん気が早いけども……っ！」

妄想が加速しすぎてバタバタと手を振る。

幸い、生徒はみんな外に出払っているので奇行の目撃者はいなかった。

「……でも、いずれは桐生とそういう関係になりたいもんね」

確かに友人として彼と過ごせる今の時間も捨てがたい。

それでも、心の奥底ではもっと親密な関係になりたいと思っていた。

そのためにも、この合宿で彼との仲を進展させると決めたのだ。

（カレーのことは謝って、桐生の話をちゃんと聞こう。誤解みたいなこと言ってたし、ちゃんと話して仲直りしないと！）

まだ林間学校は始まったばかり。

ギスギスしたまま過ごすのはあまりにもったいない。

そんな感じで、心の中でいろいろ整理をつけ、気合いを入れ直した真緒はずんずんと通路を進み、目的の部屋の前で足を止めた。

「？　ドアが開いてる……？」

ノックをしようとして、ドアがわずかに開いていることに気がついた。

しかも部屋の中から、何やら「すーはー」と、深呼吸でもしているかのような音が聞こえてくる。

「…………」

何が起こっているのだろう？

不思議に思った真緒《まお》は音を立てないようにドアを開け、静かに室内に侵入した。

靴を脱ぎ、わずかばかりの廊下を進み、畳の敷かれた八畳間へ向かう。

そこで飛び込んできた光景に、真緒は目を疑った。

「……き、桐生《きりゅう》？」

それは、あまりにも衝撃的な映像だった。

部屋にいた慧輝《けいき》が手にしていたのは水色のパンツ。

ただしそれは男用のトランクスではなく、本来ここにあるはずがない女物のショーツで、彼は誰のものかわからないそのパンツを自らの鼻に押し当てていた。

更にいえば「すーはー」と思いきり下着の匂いを嗅いでいた。

好きな男子が、女子のパンツを全力でクンカクンカしていたのである。

第二章　なんでここにおパンツが⁉

話は数分前にさかのぼる。

真緒特製の激辛カレーを完食した慧輝は、甘い飲み物を求めて財布を取りに宿の部屋に戻っていた。

「うう、口の中がヒリヒリする……早いとこミルクティーでも買いにいこう」

カレーを食べてから舌の感覚がないし、早く糖分で洗い流さないと口の中が手遅れになる気がする。

そんなわけで壁際に置いていたリュックを引っ張り出し、チャックを開ける。

「……あれ、財布ってどこに入れたっけ？」

上のほうに入れた気がしたのだが見当たらない。

昨晩、確かに入れた記憶があるので忘れたわけではないと思うが――

「あ、奥のほうにあった」

二日分の着替えを掘り起こしていくと、底の付近で愛用の財布を発見した。

これでようやく口の中を浄化できる。

はやる気持ちを抑え、ルンルン気分でリュックから財布を取り出す。

すると、財布と一緒に何やらヒラヒラとした物体が出てきた。

「……ん？　なんだこれ？」

入れた覚えのない、淡い水色のブツを広げてみるとあら不思議。

両手で掲げ持ったそれはなんと、可愛《かわい》い女性用下着だったのである。

「なんでここにおパンツが!?」

果たしてこんなことがあるだろうか？

荷物の中に女子の下着が紛れ込んでいるなんてことが起こりうるものなのだろうか？

いや、実際にあるのだから仕方ない。

パンツの存在を受け入れて、今後の動向を考えるほうが建設的だ。

「いったい誰のパンツなんだ……？　というか、いつ混入したんだ……？」

このパンツは誰のもので、いつからリュックの中にあったのだろう。

荷物に異性の下着が混入するなど前代未聞であり、普通ではありえない非常事態である。

ただ、その非常事態を慧輝《けいき》は何度も経験している。

シンデレラのパンツに始まり、後輩女子の脱ぎたてパンツを頬張《ほおば》ったり、ノーパン妹にパンツを穿《は》かせたりとその手のプレイは経験豊富。

女子との交際経験はないが、女子の下着の扱いは達人レベルだ。

そんなパンツの王子様がまず何をしたかといえば――

「まあ、これはアレだな。とりあえず……クンクン」

嗅いだ。

パンツの香りを思いきり吸引した。

既にシンデレラのパンツで経験済みの調査方法。

初体験の時はかなりの時間悩んだが、今さら臆することは何もない。

他に人がいないことをいいことに、最低な方法で心ゆくまでパンツをチェックした。

「ふむ……石けんのいい香りしかしないな」

つまりこのパンツは新品ではなく、かつ使用済みでもないということ。

要は洗濯済みの綺麗《きれい》な下着である。

「まあでも、念には念を入れてもう一回嗅いどくか」

どんな仕事でもチェック体制はしっかりするべきだ。

生徒会の仕事を手伝った時も、書類関係は役員が二人態勢でチェックしてたし。

というわけでもう一度。

「すーはー」

検品終了。

特に一回目と異なる情報は得られなかった。

「しかしアレだな。ただでさえ藤本《ふじもと》さんとの一件で変態認定されてるのに、こんなところを南条《なんじょう》に見られたら終わりだな」

「……桐生《きりゅう》？」

「はいはい、どちらさ——まあああっ!?」

声をかけられ反射的に振り向いた先にいたのは誰あろう、今まさに「会ったら終わり」と話題に上げていた南条真緒《まお》その人だった。

「南条!? どうしてここに!?」

「アンタの様子を見にきたんだけど……」

言いながら、彼女の視線が水色のショーツに注がれる。

「まさか女子の下着でお楽しみ中だとは思わなかった」

「違うんだ!?」

「なにが違うの!? 思いきり匂い嗅いでたじゃん！ やっぱり桐生、匂いフェチなんじゃん！」

「誤解だ！」

「そもそも、それって女物のパンツだよね？ なんで桐生がそんなの持ってるわけ？ まさか盗《と》ったの？」

「盗ってないですけど!?」

「じゃあ、誰のパンツなの？」

「そんなの俺が知りたいわ」

知ってたらとっくに突き返してる。

荷物に危険物を仕込まれて迷惑してるし、今すぐ犯人に文句を言ってやりたいくらいだ。

「……いちおう訊《き》くけど、南条のパンツじゃないよな？」

「そんなわけないでしょ!?」

「まあ、そうですよね」

「もう信じらんない！　桐生のバカ！　下着ドロボーっ!!」

「盗ってないですけど!?」

しかし、これはピンチである。

(よりにもよってパンツを嗅いでるところを見られるとは……)

ここで誤解を解かないと終わりだ。

変態の烙印《らくいん》は免れないし、下手をすれば盗難容疑で通報されてしまう。

(落ち着け……落ち着くんだ桐生慧輝《けいき》！)

ここで取り乱しては犯人の思うつぼ。

一度思考をリセットし、冷静に推理してみる。

いや、推理するまでもなかった。

まず、こんな真似《まね》をするのは変態娘以外にありえない。

リュックは宿に着くまでバスの荷室にあったし、パンツを入れることができたタイミングは限られてくる。

となると、こちらの目を盗んで凶行に及べた人物はひとりだけだ。

(瑞葉《みずは》の仕業だな……)

今朝、慧輝《けいき》を起こしにきた時にパンツを入れたに違いない。

「……いや、待てよ？　ここに瑞葉のパンツがあるってことは……」

ここで桐生《きりゅう》探偵は恐ろしい仮説にたどり着く。

「まさか——瑞葉は今、ノーパンなのか!?」

もちろん、ちゃんと別のパンツを穿《は》いてる可能性もある。

だがしかし、桐生瑞葉という少女は可愛《かわい》い顔をして露出癖のあるド変態。兄の荷物に自分のパンツを入れちゃう系女子なのだ。

彼女なら本当にノーパンライフを満喫していてもおかしくない。

さすがに屋外で無装着になってるとは思いたくないが、絶対にないと言い切れないのが変態の変態たるゆえんである。

(瑞葉は今日、スカートを穿いていたはず……)

朝、一緒に登校した妹はスカートに黒のニーソ、それからセーターを着用していた。

仮にノーパンだった場合、たとえニーソックスを穿いていたとしても彼女の防御力は限りなくゼロに等しい。

「南条《なんじょう》すまん！　緊急事態だ！　話はあとにしてくれ！」

「えっ、ちょっと桐生⁉」

兄として、妹のノーパン合宿は容認できない。

今すぐパンツを届けないと——そんな熱い想《おも》いにかられて、妹のパンツ事情を確認すべく慧輝は部屋を飛び出していた。

「……いや、パンツを握りしめてどこいく気なの？」

いろいろ誤解したまま、状況についていけない真緒《まお》をひとり残して。


スカート。

それは現代日本において必須ともいえるアイテムでありながら、女子の秘密を守るにはあまりに防衛能力の低い衣類である。

仮に、なんらかの外的要因によって布地がめくれてしまえば抗《あらが》うすべもなく着用者の下着を白日《はくじつ》の下《もと》に晒《さら》してしまう。

けれど、それでも他人の目に映るのは下着までだ。

パンツまでならセーフとまでは言わないが、ショーツと呼ばれる薄い布地が女子の秘密を守る最終防衛ラインなのは言うまでもないだろう。

しかし、その大事なショーツをあえて自らの意思で放棄した女子がいる。

私立桃沢《ももさわ》高等学校二年E組所属、桐生瑞葉《きりゅうみずは》その人である。

瑞葉は女子の、否、人類共通の必須アイテムであるパンツの着用を拒否し、ノーパンで学校に通うことで性的興奮を覚える変態だった。

無論、毎日そのような暴挙に出ているわけではなく、独自で定めたルールに則《のっと》り脱ぎたくてたまらない『ノーパンデー』なる日のみ無装着でスクールライフをエンジョイしているらしい。

そして林間学校初日の本日、瑞葉に再び『ノーパン疑惑』がかけられた。

桐生慧輝《けいき》の荷物の中から、彼女のものと思《おぼ》しき水色のショーツが見つかったのだ。

そうなると当然「瑞葉は今、パンツを穿《は》いているのか？」という疑問が湧き上がる。

仮にノーパンツな状態だったとして、なんらかの不幸によりスカートが舞い上がってしまったら大惨事だ。

そんなわけで慧輝は取り急ぎ、妹の下着事情を調査することにしたのである。

「瑞葉……っ！」

「あれ、兄さん？　そんなに急いでどうしたの？」

「瑞葉を探してたんだよ」

慧輝が駆けつけた時、瑞葉はまだキャンプ場の炊事スペースにいた。

食べ終えた食器を洗い終えたところで、都合がいいことに彼女と同じ班の生徒はこの場にいないようだった。

「とりあえず、ちょっときてくれ」

「え？」

妹の手を引き、有無を言わさずその場から連行する。

幸い、キャンプ場の周囲は森だらけで人目につかない場所はいくらでもある。

誰にも聞かれないよう、人気《ひとけ》のない林の中に彼女を連れ込んだ。

「ここまでくれば大丈夫か……」

「いったいどうしたの、兄さん？」

「ずばり訊《き》くけど、俺の荷物にコレを入れただろ」

「あ、もう見つけちゃったんだ」

ポケットから取り出したパンツを見せると、犯人があっさりと自白する。

「なんでこんな真似《まね》をしたんだ？」

「端的にいえば、欲求不満だからです」

「欲求不満？」

「兄さんがわたしのパンツをどう使うか想像してハァハァしてました。せっせと匂いを嗅いだり、荒々しく擦《こす》りつけたりといった感じの妄想で」

「予想以上に酷《ひど》い理由だった！」

思惑通り嗅いだりしちゃったのが悔しい。

「だって兄さんにノーパン登校禁止って言われちゃったし、一緒に暮らしてるのにお風呂を覗《のぞ》きにもきてくれないし、わたしだっていろいろガマンしてるんだよ？」

「妹の風呂を覗くとか完全にアウトだろ」

「わたしは嬉《うれ》しいのに」

確かに露出狂なら嬉しいだろうが、変態と変態議論していてもらちが明かない。

「……まあ、今はその話はいい。それより本題に入ろう」

「本題って？」

「単刀直入に言う。瑞葉《みずは》には今、ノーパン容疑がかけられている」

「ノーパン容疑？」

「ああ、俺には兄として瑞葉のパンツ事情を確かめる義務がある」

「兄さんは、わたしがパンツを穿《は》いてるかどうかを知りたいの？」

「その通りだ。悪いようにはしないから正直に答えてほしい」

返答によっては厳重注意じゃ済まない。

いざとなったら兄が手ずからパンツを穿かせる必要がある。

「うーん……秘密？」

「おい……」

「そんなに知りたいなら、直接確かめてみる？」

「は？」

「そうだなぁ……ただスカートをめくるのもつまらないし、スマホで撮ってよ。兄さんが、わたしのスカートの中を」

「なに言ってんの⁉」

「しないなら教えてあーげない」

「くっ……」

　妹のスカートの中を撮影するなんて正気の沙汰とは思えない。

　毎度のことながら露出魔の要求はハードルが高すぎる。

　とはいえ、ここで確かめなければ合宿中ずっとノーパン疑惑が頭から離れないままモヤモヤした気持ちで過ごすことになる。

　ノーパンなのか、そうでないのか。

　四六時中悩み続けるストレスは生半可なものではない。

（ただ、もしも本当にノーパンだった場合はどうなる？）

　その場合、無防備な彼女の股間を自らの手で撮影することになるだろう。

完全に事案だし、リスクが高すぎる。

（けど、ノーパン疑惑のある妹を放置するのも兄としてどうなんだ？　誰かに瑞葉《みずは》の秘密を見られるくらいなら、いっそここで引導を渡してやるのが兄の責任なんじゃ……）

様々な葛藤を経て、慧輝《けいき》は覚悟を固めた。

「いいだろう。俺が瑞葉のノーパン疑惑を暴いてやる！」

「それなら、さっそく準備しないとね」

「準備？」

首を傾《かし》げる兄の目の前で、彼女はおもむろに自身のセーターの前をたくし上げた。

「ちょっと待て!?」

「ん？」

「なんで上着をめくってるの!?」

「このほうが気分が出るかと思って」

「むしろ、おっぱいが出てるんですけど!?」

セーターを思いきりたくし上げた結果、水色の下着《ブラ》に包まれたお胸が「こんにちは」と挨拶していた。

綺麗《きれい》なお腹《なか》も丸出しだし、全部脱ぐよりよほど煽情的《せんじょう》な姿である。

（水色のブラをしてるってことは、やっぱり穿《は》いてないのか……？）

もちろん色が同じというだけで断言はできない。

ただのブラフの可能性は充分にある。

どのみち、自分の目で確かめるまで真相はわからないのだ。

「わたしがスカートをめくるから、兄さんはスマホで動画撮影ね」

「ら、ラジャー……」

気は乗らないが、ここは従うしかない。

ポケットからスマホを取り出し、撮影モードに切り替えてスタンバイする。

上着のセーターをたくし上げ、魅惑的な胸元を露《あら》わにした瑞葉が、今度はその両手を自らのスカートに添えた。

「じゃあ、始めよっか。ちゃんと見ててね？」

「あ、ああ……」

木々に囲まれた森の中で、アブノーマルな撮影会が始まった。

「……んっ」

少しずつ、焦らすように瑞葉がスカートの裾を持ち上げていく。

その様子を慧輝がスマホで撮影する。

「あは、兄さんに撮られるの、イケナイことしてるみたいでドキドキするぅ……」

「………」

スマホの画面に映る彼女は完全に痴女だった。

興奮しているのか、微《かす》かに頰《ほお》を紅潮させて、それでも愉《たの》しげに唇を緩ませて、恥ずかしい姿を撮影される快感を味わっている。

(普通の女子なら、スカートの中を撮られることに嫌悪感を抱くところだろ……)

それなのに瑞葉《みずは》ときたら、本気で嬉《うれ》しそうな顔をするのだから始末に負えない。

快楽に笑みをこぼす少女の、その蠱惑的《こわくてき》な瞳に見つめられながら、妹の痴態をカメラに収める背徳感にクラクラした。

「ん……そろそろ、見えちゃう……?」

「ああ、そろそろ……」

スカートの裾が限界地点に到達する。

既にニーソックスの守備範囲外にある太ももの一部が露出しており、美しい素肌がさらけ出されている。

あと少し。

ほんの少し彼女が手を動かすだけで乙女の秘密が解き明かされる。

「……っ」

緊張からゴクリと喉が鳴り、スマホを持つ手にも力が入る。

そんなカメラマンの様子にクスリと笑って、向けられたカメラの前で瑞葉はスカートを

更にたくし上げた。

「じゃーん！　ちゃんと穿《は》いてました～」

「はぁ、もうハラハラしたわぁ……」

公開された妹の下腹部には、ちゃんとブラとお揃《そろ》いのパンツが鎮座していた。

すっかり瑞葉《みずは》に踊らされたわけだ。

（瑞葉の変態を治すつもりが、変態プレイに加担してどうするんだ……）

先が思いやられるが、妹のパンツ事情を確認できて安心した。

「ふふ、ありがと兄さん。露出プレイに付き合ってくれて」

「どういたしまして」

「あ、その動画は好きに使っていいからね」

「使わないし、そろそろスカートを戻してくれ」

いつまでもスカートをたくし上げたままだと目のやり場に困る。

指示に従い、いそいそと服を直し始めた妹から視線を逸《そ》らすと、針葉樹の横に立つ南条《なんじよう》真緒《まお》と目が合った。

「えっ、南条!?　なんで!?」

「桐生《きりゆう》が戻ってこないから探してたんだけど……」

そういえば、真緒を部屋に放置したままだった。

それでなかなか帰ってこない慧輝《けいき》を探しにきたのだ。

「まさか、桐生が妹にスカートめくりを強要する変態だとは思わなかった。しかもスマホで撮影までしてるし……」

「とんでもない誤解をしてるぞこの人!?」

「ふたりで森の中に入っていくからあとを追ってみれば、隠れてこんなやらしいことしてたんだ……」

「いや、あの……南条さん……?」

「お楽しみのところ、お邪魔してすみませんでした。どうぞごゆっくり」

死んだ魚のような目で、棒読みかつ早口で言って真緒がきた道を戻っていく。

「だから、誤解なんだってば……」

彼女が絶望的な勘違いをしたのは間違いない。

妹のストリップショーをカメラに収めていたのは事実だが、慧輝が望んで実行したわけではないのに。

「なんだか大変なことになっちゃったね」

「ほんとにな……」

主に瑞葉とパンツのせいなのだが、もはやツッコミを入れる元気すらなく。

新たな問題の発生に、慧輝は頭を抱えたのだった。

◇

「大変なことになった。南条《なんじょう》の俺への好感度が過去最安値だ」

既に日の落ちた午後七時過ぎ、宿の露天風呂に浸《つ》かりながら慧輝《けいき》が放ったのはのっぴきならない報告だった。

それに対し、同じく隣で入浴中の翔馬《しょうま》が気の抜けた返事をする。

「へー、それは大変だねぇ」

「いや、ほんとに大変なんだよ。人間の好感度があんな一瞬で急降下するとこ初めて見たし、のんきに温泉を満喫してる場合じゃないんだ」

「夕食の時もずっと無視されてたしね。いったいなにをやらかしたんだい？」

「……他言は無用だからな」

「僕は口が堅いほうだよ」

「まあ、そんなに複雑な話でもないんだけど——」

大まかに事情を説明する。

真緒《まお》に見られた恥ずかしい場面の数々を口にするのは微妙な気分だったが、背に腹は代えられない。

「なるほどね。真緒ちゃんに、藤本《ふじもと》さんや瑞葉《みずは》ちゃんとの特殊プレイを見られたと」

「おい、言い方には気をつけろよ」

周りには他にも入浴中の野郎どもがいるのだ。

女子と変態プレイに興じていたのがバレたら詰む。

「いちおう、パンツの件も含めて瑞葉が説明してくれたみたいだけど、ぜんぜん許してくれないんだよな……」

「それで、どうして真緒ちゃんが怒ったか見当はついてるのかい？」

「そりゃ、南条とは長い付き合いだし、ある程度予想はつくさ」

「お、自信ありげだね」

「俺が翔馬じゃなくて他の女子とイチャイチャしてたからだろ？　ＢＬ漫画のネタにならないもんな」

「あ、ダメだこれ。ぜんぜんわかってないや」

「ん？」

「これは真緒ちゃんも大変だね」

「え、どういうこと？」

「真緒ちゃんに怒られそうだから教えない」

「ええ……」

「まあでも、仲直りするための協力ならするつもりだよ。僕も小春《こはる》ちゃんを怒らせた時に助けてもらったしね」

「助かる」

持つべきものは頼れる友人である。

「問題は、どうやって真緒《まお》ちゃんの機嫌を直すかだね」

「誤解を解くのがいちばんだけど、ろくに話も聞いてもらえないからな。……まあ、方法がないわけじゃないけど」

「というと？」

「俺と翔馬《しょうま》のタオル一丁の写真を提供すれば一発で解決すると思う」

「さすがにそこまで体を張るのはちょっと……」

約束された勝利の作戦だけに代償も大きい。

腐女子が思うほど男子は男子を好きじゃなかったりする。

「けど、ボーイズラブ作戦が使えないとなると厳しいな」

「BL以外で真緒ちゃんが喜ぶものといったら……」

「ゲームとか？」

真緒は自他共に認めるゲーマーで、ゲーセンなんかも好きだったりする。

「携帯ゲームは持ってきてるし、接待プレイでもするか？」

「別に接待しなくても真緒ちゃんが最強だしね」

「ダメじゃん」

「そもそも、仲直りしないとゲームの誘いに乗るとは思えないし」

「ぜんぜんダメじゃん」

女子の機嫌を直すのはなかなか難しい。

「慧輝《けいき》はさ、真緒ちゃんのことをどう思ってるんだい？」

「なんだ、やぶから棒に？」

「深い意味はないから考えてみてよ」

「あー、まー、そうだな……」

質問の意図は不明だが、とりあえず口車に乗ってみる。

「考えてみると、南条《なんじょう》ってすごい奴《やつ》だよな。好きなものに一直線だし、忙しい親のかわりに家事だってしてるし、しっかりしてて努力家だし、ああ見えて優しいし……」

素っ気ない態度を取るくせに、なんだかんだ周囲を気遣ってるし。

体育で気絶したクラスメートが目覚めるまで、ベッドの傍《そば》で待っていてくれるような、本当に素敵な女の子だ。

「なんていうか、単純に、めちゃくちゃ尊敬する」

「それ、真緒ちゃんに言ってあげたら？」

「こんなの面と向かって言えるか……」

こういうのは本人がいないから言えるのだ。

だけど、面と向かって話さないと伝わらないこともある。

「……下手な小細工は考えないで、正攻法で謝ってみるか」

「それがいいね」

下手に策を弄すると炎上するのがネットと乙女心。

謝罪は誠実に行うのがいちばんだろう。

「それじゃあ、方針も決まったところで……」

「ああ、そろそろ出ようか……」

互いに顔が赤いのは長湯のせい。

男ふたりでのぼせるまで入浴するという、真緒《まお》が聞いたら小躍りしそうなイベントをこなして慧輝《けいき》達は風呂から出ることにした。

旅館の浴衣に着替え、慧輝と翔馬《しょうま》が揃《そろ》って脱衣所を出ると、ちょうど隣の女湯から見知った女子が出てくるところだった。

「あれ？　兄さんと翔馬君、奇遇だね」

「やあ、瑞葉《みずは》ちゃん」

「瑞葉も風呂だったんだ。……って、あれ？」

お風呂上がりの瑞葉の後ろに、もうひとり浴衣の女子がいることに気づく。

「藤本《ふじもと》さんもきてたのか」

「ん。お風呂で桐生《きりゅう》さんと会って、一緒に入ってた」

「へー、珍しい組み合わせだな」

浴衣姿も貴重だが、瑞葉と彩乃《あやの》のコンビも相当レアだ。

文化祭の時など何度か顔を合わせてはいるはずだが、ふたりが一緒にいるところを見るのは初めてかもしれない。

「藤本さんと裸のお付き合いをしちゃいました」

「お、おう。そうか……」

「桐生君のこととか、いろいろお話しした」

「いったいなんの話を……」

桐生君にまつわるいろいろな話の詳細が気になる。

まさか本日の変態プレイを暴露し合ってはいないだろうが、どちらもマイペースな性格なので絶対にないとは言い切れない。

慧輝が訝《いぶか》しんでいると、翔馬がコソコソと耳打ちしてくる。

「お風呂上がりの女の子って、なかなかそそるものがあるよね」

「ああ、まったくその通りだな」

「これが同級生じゃなくて小学生なら、もっと心躍るんだけど」

「すまん、そこは同意しかねる」

実際、浴衣姿のふたりはかなり魅力的だった。

旅館の浴衣に茶羽織《ちゃばおり》を組み合わせた人は天才だと思う。

「ふたりとも、浴衣似合ってるな」

「えへへ、ありがとう」

「……ありがと」

兄に褒められて瑞葉《みずは》が嬉《うれ》しそうにはにかむ。

対して彩乃《あやの》は、頬《ほお》を赤く染めて瑞葉の後ろに隠れてしまった。

そのままチラチラと慧輝《けいき》の様子をうかがう姿は何かを警戒する猫にそっくりで、副会長の行動に瑞葉が首を傾《かし》げる。

「藤本《ふじもと》さん？　どうかしたの？」

「ちょっと避難を……」

「避難？」

再びクエスチョンマークを浮かべる瑞葉。

彼女は知る由もないことだが、慧輝には彩乃の反応に心当たりがあった。

（そうだった……俺、藤本さんに匂いフェチの変態だと思われてるんだった……）

真緒《まお》の件で忘れていたが、彩乃に対してもやらかしていたのである。

誤解を解きたいところだが瑞葉がいては難しい。

どうしたものかと考えていると、経緯を見守っていた翔馬《しょうま》が口を開いた。

「そうだ。ふたりとも、これから僕らの部屋に遊びにこないかい？　他に男子もいないし気兼ねなくお喋《しゃべ》りできるよ」

「いいの？　なら、お邪魔しようかな」

「桐生《きりゅう》さんがいくなら」

瑞葉が参加を決め、その後ろで彩乃も小さく挙手をする。

「慧輝もいいよね？」

「いいんじゃないか。どうせ消灯まで自由時間だし」

女子のエリアに男子は入れないが、その逆は禁止されていない。

他にルームメイトもいないし問題はないだろう。

「せっかくだし、真緒ちゃんにも声をかけてみなよ」

「え、南条《なんじょう》も？」

「仲直りしたいんだろ？」

「更に機嫌を損ねそうな気がするんだけど……」

瑞葉《みずは》と彩乃《あやの》という、主なお怒りの要因となった女子ふたりがいるのだ。

真緒《まお》を加えることでどんな化学反応を起こすかわからない。

「でも、あとで仲間外れにされたのを知ったらもっと怒るんじゃないかな」

「一理あるな」

真緒はああ見えてかまってちゃんなところがある。

夏祭りや合宿など、書道部の集まりには欠かさず顔を出しているのがその証拠だ。

「じゃあ、誘ってみるか」

電話をかけても無視されそうなので、メッセージを送ってみる。

内容は『今から俺らの部屋に集まることになったから、南条《なんじょう》もよかったら。瑞葉と藤本《ふじもと》さんもくるってさ』と簡潔に。

すると、わりとすぐに『いく』と返事がきた。

「南条もくるってさ」

「さすがだね。慧輝《けいき》ならやってくれると思ってたよ」

「兄さんかっこいい」

「桐生《きりゅう》君はやればできる子」

「なんで俺、全力でヨイショされてるの？」

寄ってたかって褒めちぎられる洗礼は意味不明だったが、こうして宿の部屋に浴衣の女子がくるという、世の男子高生が憧れるドキドキイベントが開催されることになった。


その後、二階の部屋に帰還した慧輝は明かりを点《つ》けて瑞葉と彩乃を招き入れた。

さすがに人数分の座布団はなかったので畳の上に座ってもらい、全員が腰を下ろしたところでスマホを確認した翔馬《しょうま》が声を上げる。

「お、小春《こはる》ちゃんからメールきてる」

「なんて？」

「なんか、朱鷺原《ときはら》先輩の家でお泊まりしてるみたいだね」

「お泊まり会？」

「写真も送られてきたよ」

「お、どれどれ？」

翔馬のスマホを横から覗《のぞ》き見《み》る。

油断していたところを撮られたのだろう。左手でピースサインを決めた笑顔の小春の後ろで、パジャマ姿の紗雪《さゆき》がびっくりした表情で映っていた。

「なんだか楽しそうだな」

「パジャマの小春《こはる》ちゃんが可愛《かわい》すぎるね。今すぐハグしてペロペロしたい」

「翔馬《しょうま》……さすがにそれは引く……」

しかし、ロリコンな友人がわりと本気で気持ち悪い件。

女子の見解は違うようで――

「鳳《おおとり》先輩、翔馬君に愛されてて羨ましい」

「彩乃《あやの》さんも、ちょっと憧れる」

「あれ？　俺がおかしいの？」

男子にペロペロされるのは女子的にはセーフなのだろうか？

瑞葉《みずは》と彩乃の発言に慧輝《けいき》が引いていると、部屋のドアがノックされ、ふたりの浴衣女子が顔を出した。

「お邪魔します」

「お邪魔しまーす」

ひとりは赤茶色の髪をサイドテールにした南条真緒《なんじょうまお》。

もうひとりも同じ班メンバーでふわふわのロングヘアが可愛い鬼塚恵《おにづかめぐみ》だ。

「あれ、鬼塚さんもきたんだ」

「南条ちゃんとは部屋も同じっすからね。桐生《きりゅう》氏の部屋にいくっていうから、面白そうなんでついてきちゃいました。……あ、でもダメなら戻るんで」

「俺は別にかまわないけど」

「僕も大丈夫だよ」

慧輝と翔馬が了承し、瑞葉と彩乃もコクリと頷《うなず》く。

「どもです。じゃあ、遠慮なく」

人懐こい笑みを浮かべて恵がみんなの輪に入る。

それを横目に、慧輝は真緒に声をかけた。

「南条も、きてくれてありがとな」

「……別に。桐生を野放しにしたらなにするかわかんないし」

素っ気ない答えだが、返事をくれるだけ進歩だ。

そうして、六人は八畳の和室に円を描くように座った。

窓を背にした慧輝から時計周りに瑞葉、彩乃、真緒、恵、翔馬の順である。

（藤本《ふじもと》さん、いつもなら率先して隣に陣取って匂いを堪能しそうなのに、これは本格的に警戒されてるな……）

藤本氏、慧輝の隣を瑞葉に譲って静観の構えである。

八畳あるとはいえ六人もいるとさすがに少し狭い。

湯上がり女子が四人もいる影響か、室内にはほのかに甘い香りが漂っている。

（部屋に浴衣の女子が遊びにくるとか、かなりの素敵イベントだよな）

たとえ参加者がほぼ変態だとしても女子というだけでありがたみがある。

そんななか、唯一のノーマル女子である恵《めぐみ》が全員の姿を見回して口を開く。

「えーと、初めましての人は桐生《きりゅう》氏の妹さんだけっすね。私、B組の鬼塚《おにづか》恵っていいます。よろしくお願いします」

「E組の桐生瑞葉《みずは》です。よろしくね」

本日初絡みのふたりが挨拶を交わす。

それを見届けてから慧輝《けいき》が疑問を投げかけた。

「ということは、藤本《ふじもと》さんと鬼塚は知り合いなのか？」

「そうっすね。ちょっと話をしたくらいですけど」

「……ん、少し話したことがあるだけ」

恵が軽い調子で言って、彩乃《あやの》もそれに同意したのだが……

（？　なんだろう？　今、なんか……）

彩乃の声が、いつもより少しだけ暗かった気がした。

違和感を抱いたものの、何か確証があるわけでもなく、胸に生まれたモヤモヤは幹事役を買って出た翔馬《しょうま》の声にかき消されてしまう。

「定番だけど、トランプを持ってきたんだ。みんなで大富豪でもどうかな？」

「お、いいっすね。ぜひやりましょう！」

その提案に恵が賛同し、

「どうせやるなら、罰ゲームがあると面白いよね」

真緒《まお》がパーティゲームのお約束を口にして、

「負けた人は脱ぐとか？」

さっそく瑞葉が罰ゲームの意見を述べた。

「あはは、桐生ちゃん面白いっすね。でも、男子もいるからそれはナシかな～」

「まともな意見がまぶしいな」

「……ちっ、合法的に男子を脱がせるチャンスだったのに」

小声で腐女子の変な台詞《せりふ》が聞こえた気がしたがスルーする。

変態オンリーだったら脱衣トランプもありえたので恵がいてくれて助かった。

と、ここで静かだった彩乃がすっと手を挙げる。

「自分が考えた渾身《こんしん》の愛の告白を発表する、というのは？」

「やばい、ガチな罰ゲームがきたぞ……」

オリジナルの愛の告白とか、何を言っても黒歴史になる未来しか見えない。

「面白そうだし、あたしはいいけど」

「わたしも大丈夫だよ」

「異議なしっす」

「じゃあ、罰ゲームはそれに決定だね」

真緒《まお》と瑞葉《みずは》、恵《めぐみ》が賛成して翔馬《しょうま》がまとめる。

「マジか……まあでも、勝てばいいんだからな」

「慧輝《けいき》、それ完全に負けフラグだよ」

ゲーム前に頑丈なフラグを立ててしまった哀れな男子は、運命の女神に導かれるまま見事にトランプで惨敗した。

泣く泣く渾身《こんしん》の告白を披露したものの、思ったよりもつまらなかったという悪魔のような理由で罰ゲームは廃止となり、以降は普通にトランプを楽しむことになった。

もともと顔見知りばかりの集まりなので揉《も》め事《ごと》が起こることもなく、終始和やかな雰囲気のまま時間が過ぎていく。

何度目かのババ抜きに興じながら、不意に恵がこんなことを言い出した。

「ね、桐生《きりゅう》氏？　実際のところ、書道部の恋愛事情ってどうなんすか？」

「いきなりだな」

「だって、南条《なんじょう》ちゃんとか桐生ちゃんとか、他にも美少女だらけの女の園に男子ひとりなわけでしょ？　そりゃ、いろいろ想像しちゃいますよ」

「少なくとも、ハーレムとは程遠い環境なのは確かだな」

瑞葉の告白の件もあるし、ラブコメ要素が皆無かといえばそうでもないが、圧倒的にラブより変態成分のほうが自己主張している。それが我が書道部の実情である。

「とか言いつつ、実は書道部のなかに意中の子がいたりするんじゃないっすか？」

「「「⁉」」」

ニマニマ顔の恵の発言に、他の女子三人の顔が強張《こわば》った。

「へー、そうなのかい、慧輝？」

「翔馬まで加担するんじゃない……」

早々に話題を打ち切ろうとするも、女子部隊がそれを許さなかった。

恵を除く三人が包囲網を敷くように慧輝を取り囲む。

「わたしも興味あるかな、兄さんの好きな人」

「彩乃《あやの》さんも興味津々」

「どうなの、桐生？」

瑞葉と彩乃が話題の続行を希望し、真緒までもが慧輝の恋愛事情に切り込もうとする。

（……なんだ？　なんなんだ、このプレッシャーは……？）

目に見えない圧力に、今すぐこの場から逃げ出したくなる。

「兄さん……」

「桐生君……」

「桐生……」

逃がすまいと前のめりになる三人に、慧輝《けいき》の額から汗がしたたり落ちたその時、畳の上に置かれていた恵《めぐみ》のスマホが短く震えた。

「あっと、失礼……」

スマホを手に取り、画面を確認した彼女が気まずげに顔を上げる。

「申し訳ないっす。部活仲間から召集の連絡がきたのでいかないと」

「鬼塚《おにづか》さんって、部活入ってたんだな」

「実は漫画研究部なんすよ。女子は私だけなんで、いわゆるオタサーの姫ってやつですね」

「自分でオタサーの姫とかいう人初めて見た」

「えー、桐生《きりゅう》氏も似たようなものじゃないっすか。書道部のハーレム王さん？」

「ハーレム王じゃないから!?」

「あはは、あながち間違ってない気がしますけどね。……まあ、こんなふうに女子といちゃつけるのも、今のうちだけかもしれないけど」

「え……？」

「それじゃあ、すみませんが私はこのへんでおいとましますね」

慌ただしく部屋を出ていく自称オタクサークルのお姫様。

（しかしナイスタイミングだ、漫画研究部の諸君）

真緒《まお》達のプレッシャーが凄《すご》かったので話が逸《そ》れて助かった。

「じゃあ、俺たちもそろそろお開きにするか」

「あー、兄さんが逃げたー」

「桐生君の意気地なし」

「ふん……」

女子メンバーが不満を漏らしていたが、恵も抜けてしまったし、そろそろ時間も遅いということで解散の流れになった。

「おやすみなさい、兄さん。秋山《あきやま》君も」

「お邪魔しました」

瑞葉《みずは》と彩乃《あやの》が退室し、ふたりに続いて部屋を出ようとした真緒を慧輝が呼び止める。

「南条《なんじょう》、ちょっといいか？」

「桐生？」

「話があるんだ。少しだけ付き合ってくれないか？」

◇

一方その頃、居残り組の紗雪《さゆき》もお泊まり会を楽しんでいた。

朱鷺原《ときはら》家の自室にて、紗雪と小春《こはる》のふたりきりのパジャマパーティーである。

「……まったく、写真を撮るなら事前に言ってくれないと困るじゃない。おかげで変な顔を撮られてしまったわ」

クッションに座る小春《こはる》に対し、ベッドに腰掛けた紗雪《さゆき》が拗《す》ねたように言う。

「その写真ですけど、翔馬《しょうま》くんに送ったので桐生《きりゅう》くんも見たかもしれませんね」

「そんな⁉」

「大丈夫ですよ。ちゃんと可愛《かわい》く撮れてますから」

「変顔を褒められてもぜんぜん嬉《うれ》しくないのだけど……」

小春が送ってきた写真を確認しながら紗雪は呟《つぶや》く。

スマホの画面にはいきなり撮影されてびっくりした顔の自分が映っていた。

「まあ、写真についてはもういいわ。それより、今日はごめんなさいね。急に家に誘ってしまって迷惑じゃなかった？」

「いいえ、こうして朱鷺原《ときはら》さんとお話しできて嬉しいです」

唯花《ゆいか》に宣言したあと、小春に電話をかけてみたところ「お泊まり会ですか？　楽しそうですね」とあっさりＯＫが出た。

とはいえ、さすがにいきなり彼女の家にお邪魔するのは失礼極まりない。

そこで今回は朱鷺原家に小春を招く形にしたのである。

「なんだか新鮮ね、鳳《おおとり》さんとふたりきりというのも」

「メールではちょくちょくやり取りしてますけどね」

「ほとんど秋山君《あきやま》とののろけ話だけれどね……。そういえば、鳳さんは心配になったりしないの？　秋山君が林間学校で浮気したりしないかとか」

「翔馬くんはロリコンさんなので、同級生の女の子に目移りすることはないのです」

「嫌な信頼のされ方ね」

「むしろ、わたくしのライバルは女子小学生なので……」

　そう言って遠い目をする鳳さん。

「わたくしはしょせん見た目だけのなんちゃってロリ……天然モノのＪＳには勝てないのです……」

「この話はやめましょう。なにかいけない心の扉を開きかけているわ」

　合法ロリが闇落ちしそうだったので話題を打ち切る。

「わたくしのことより、朱鷺原さんのほうはどうなんですか？」

「私？」

「朱鷺原さんは、桐生くんのペットになりたいんですよね？」

「え？　私、鳳さんにその話をしたことあったかしら……」

「あ！　……え、えっと、その……ま、前に朱鷺原さんと桐生くんが話しているのを偶然聞いてしまったのです」

「そうだったの。次からは気をつけないといけないわね」

「……ほっ」

実際のところ、小春《こはる》はかなり以前から慧輝《けいき》経由で知っていたのだが、その事実を紗雪《さゆき》は知らないのだ。

「でも、そうね。ペットの件はぶっちゃけ、ぜんぜん進展がないわね」

「ないんですか？」

「なんか、文化祭とかあってバタバタしてたし。慧輝君は慧輝君で忙しそうだったしで、ここのところはロクにアプローチもできていないのよ」

「差し出がましいかもしれませんが、うかうかしてていいのですか？　桐生《きりゅう》くんは人気者ですし、それに、わたくしたち三年生はもう少しで……」

「そうね……」

もう十一月も終わり、十二月に入ればあっという間に今年も終わる。

受験が終われば卒業まで秒読みで。

三年生の紗雪に残された時間はほんの数ヶ月だ。

「焦りがないと言えば嘘《うそ》になるわ。書道部の女子は全員ライバルだし、生徒会の藤本《ふじもと》さんだけじゃなく、最近は鷹崎《たかさき》さんまで慧輝君に色目を使ってるし」

「桐生くんは女の子の知り合いが多いですからね」

「本当にね」

もう不自然なくらい彼の周りには女子が多い。

先輩に後輩、同級生に義妹とあらかたの属性は網羅している。

「でも、それも仕方ないことだと思うわ。慧輝《けいき》君は格好《かっこう》いいもの。普段は少し頼りないけど、困ってる誰かのために一生懸命になれる、すごく素敵な男の子よ」

「朱鷺原《ときはら》さん……」

「だから私も、もっと高度なメス犬にレベルアップするべきだと思うのよ」

「あ、そうなっちゃう感じなのですね。わたくしはてっきり、女子力を磨くとかそういう話だと思ってました」

「自慢じゃないけど私、書道と勉強以外はからっきしよ」

「朱鷺原さんは、桐生《きりゅう》くんの彼女になりたいとかはないんですか？」

「彼女!?」

思いがけない切り返しに紗雪《さゆき》が赤面する。

「か、彼女だなんて恐れ多いわ。私みたいなメス豚は、ペットにしてもらうくらいでちょうどいいのよ」

「そんなことはないと思います。朱鷺原さんは素敵な女性ですよ」

「鳳《おおとり》さん……」

「わたくしは朱鷺原さんを応援してます」

「ありがとう。持つべきものは頼もしい友人ね」

「まあ、瑞葉《みずは》さんや南条《なんじょう》さんのことも応援してるんですけどね」

「裏切り者!?」

「鳳さんは誰かひとりに肩入れすることはできないのです。朱鷺原さんも、他の皆さんのことも大好きですから」

小春《こはる》は顔が広く、瑞葉や真緒《まお》とも仲良しなのだ。

そうでなくとも彼女達が慧輝に想《おも》いを寄せていることは見ていればわかる。

「あんなに女の子に好かれるなんて、さすがは書道部のハーレム王ね」

「ふふ、桐生くんなら本当にハーレムを作れそうですね」

「それはダメよ」

「朱鷺原さん？」

「……慧輝君には、私だけを見てほしいわ」

そう言って、紗雪は抱き寄せた枕に口元を埋《うず》めた。

友人のいじらしさに小春が頬《ほお》を緩ませる。

好きな男の子には自分だけを好きでいてほしい。

それは、女の子なら当然の欲求だった。

◇

紗雪《さゆき》が乙女な想《おも》いを吐露していた頃、長瀬愛梨《ながせあいり》は人生の絶頂期を迎えていた。

「ああっ、まさか我が家に唯花《ゆいか》をお迎えできる日がこようとは！」

二年生が林間学校で不在の本日、両親が私用で不在のタイミングを狙って、かねてより計画していた唯花とのお泊まり会を開催することができたのである。

「恥ずかしがって一緒にお風呂には入ってくれなかったけど、今まさに浴室で唯花がシャワーを浴びてると思うと、それはそれで興奮しちゃう……っ！」

夕食のあと、唯花をお風呂に誘うもあえなく玉砕。

ひとり寂しく入浴を済ませ、髪を下ろしてパジャマに着替えた愛梨は現在、自室で来客用の布団をセッティング中だった。

「よし、完璧！」

ほどなくして寝床の準備が完了。

そこへ、ちょうどパジャマ姿の唯花が戻ってきた。

「お風呂、ありがとうございました」

「うん、お帰りなさい」

言うまでもなく古賀《こが》唯花は可愛《かわい》い。

金色の髪と宝石のような青い瞳は溜息《ためいき》が出るほど綺麗《きれい》だし、西洋人形を想わせる可憐《かれん》な容姿は同性の愛梨も思わず見惚《みと》れてしまうほどである。

しかも、今の唯花はお風呂上がり。

湿り気の残る髪とか、上気した頬《ほお》が愛梨をたまらない気持ちにさせる。

「……あのさ、唯花？」

「はい？」

「ちょっとおっぱいさわってみてもいい？」

「いいわけないじゃないですか……」

即答し、ささやかな胸を両腕で隠しながら可愛い友人が唇を尖《とが》らせる。

「愛梨って、たまにスケベなおじさんみたいなこと言いますよね……」

「いやあ」

「褒めてないんですけど……」

セクハラに余念がない愛梨にジト目を向ける唯花。

その直後、口に手を当てて愛らしい欠伸《あくび》を漏らした。

「もう遅いし、そろそろ寝ようか？」

「そうですね」

「唯花《ゆいか》はベッド使っていいからね。私は布団で寝るし」

「さすがにそれは悪いですよ」

「遠慮しないでよ。今日の唯花はお客さんなんだから」

「……それなら、その……間を取って一緒に寝ますか？」

「……へ？」

本当に、今日はなんて幸運な日なんだろう？

お泊まりしてくれただけでも嬉《うれ》しいのに、一緒のベッドで寝てくれるなんて幸せすぎて昇天してしまいそうだ。

こんなチャンスは二度とないかもしれない。

唯花の気が変わらないうちに愛梨《あいり》は彼女とベッドに潜り込んだ。

「……並んで寝てみたものの、さすがに狭いね」

「やっぱり愛梨は布団で寝てください」

「えへへ、やだー」

確かに狭かったが、唯花の体温を感じられて幸せだ。

「……ね、唯花？」

「なんですか？」

「唯花ってさ、桐生《きりゅう》先輩のどこに惹《ひ》かれたの？」

「え、いきなりなんですか？」

「お泊まり会といえば恋バナでしょ？」

「恋バナって……慧輝《けいき》先輩はただの奴隷候補ですよ？」

「ほんとに？　恋愛感情はなし？」

「……な、なしです」

「あ、今ちょっと口ごもった」

「それは愛梨が変なこと言うからです！　慧輝先輩は本当にただの奴隷候補ですからっ」

「ふふ。じゃあ、そういうことにしといてあげる」

「なんなんですか、その上から目線は……」

少しからかいすぎたらしく、唯花がむっと頰《ほお》を膨らませる。

そういう表情もまた可愛《かわい》いのだが、指摘すると本当に怒られそうなので自重した。

「というか、そういう愛梨はどうなんですか？」

「私？」

「初めは慧輝先輩を毛嫌いしてたくせに、最近は普通に仲良しじゃないですか」

「んー……たしかに嫌いじゃないけど、そういうのとは違うかな」

「そうなんですか？」

「うん。いい人だとは思うけどね」

認めたくはないが、愛梨《あいり》も彼のことは信用している。

たぶん、男子の中ではダントツに。

優しいし、話しやすいし、尊敬もしている。

ただ、それが恋かといわれると返答に困ってしまう。

「奴隷にするにしても、早くしないと他の人に取られちゃうかもよ？　あの人、あれでけっこうモテるみたいだし」

「う……」

「もしかしたら、合宿中に二年の誰かとくっついちゃうかも」

「さ、さすがにそれはないですよ。慧輝《けいき》先輩にそんな甲斐性《かいしょう》はないはずです」

「桐生《きりゅう》先輩はそうでも、他の先輩達は違うんじゃない？」

「え？」

「最近の子は進んでるっていうし、女の子のほうから桐生先輩に迫る可能性も……」

「そんな!?　……あ、でも思い当たるフシが……」

思い当たるフシがあるらしい。

「藤本《ふじもと》先輩は限りなく黒に近い灰色ですし、真緒《まお》先輩は絶対黒ですし、瑞葉《みずは》先輩に至っては慧輝先輩が好きだと公言してますし……」

「ああ、瑞葉先輩は義理の妹なんだっけ」

彼の人間関係はなかなか複雑らしい。

二年生だけに絞っても三人もの女子に狙われているのだ。

確かにヤリチンではなかったが、女たらしなのは間違いない。

「ま、まあ、誰を選ぼうと慧輝《けいき》先輩の自由ですし？　唯花《ゆいか》は別にかまいませんけどね。慧輝先輩じゃなくたって、唯花の奴隷になりたい男の子なんて星の数ほどいるでしょうし」

「本当に？」

「………うそ」

傲慢な態度から一変。

今にも泣き出しそうな表情で唯花が本音を紡ぐ。

「本当は別の誰かじゃなくて、唯花を選んでほしいです」

「唯花……」

しおらしい姿が可愛《かわい》すぎて、たまらず彼女を抱きしめていた。

「あ、愛梨《あいり》……？」

「……私、生まれ変わったら桐生《きりゅう》先輩になりたい」

「えっ!?」

別に唯花に恋をしているとか、そういうわけじゃない。

ただ、恋する乙女な唯花が愛《いと》おしすぎて、彼女にこんな顔をさせるあの人に酷《ひど》く嫉妬してしまったのだった。

◇

浴衣姿の真緒《まお》を連れ、二階の休憩スペースを訪れた慧輝は自販機で温かいココアを二本購入し、一本を彼女に手渡した。

ふたりで椅子に腰掛け、ココアをひと口飲んだ真緒が口火を切る。

「で、話ってなに？」

「今日のこと、ちゃんと誤解を解いておきたくて」

「別に、もう怒ってないけど」

「本当に？」

「パンツの犯人、瑞葉《みずは》だったんでしょ？　本人に聞いた」

「その通りだ」

「ただ、アンタが匂いフェチだって疑惑はまだ晴れてないけどね」

「いやまあ、疑われても仕方ないことはしてたしな。藤本《ふじもと》さんの件については事情があってうまく説明できないけど、俺が匂いフェチじゃないことだけは断言しとく」

匂いフェチはむしろ彩乃《あやの》の方だという事実は伏せておく。

身の潔白を証明するためとはいえ勝手にバラすわけにはいかない。

「そんな中途半端な弁解で、よく誤解だとか言えるよね」

「う……」

「まあ、桐生《きりゅう》が巻き込まれ体質だってことは知ってるし。条件次第では信じてあげなくもないけど」

「条件って？」

「明日の夜、キャンプファイヤーがあるでしょ？」

「ああ、そんなのもあったな」

しおりにも書いてあったし、聞いた話だとけっこう盛大なイベントらしい。

「その時、希望者がチークダンスを踊るらしいんだけど」

「ああ、あのふたりペアで踊るやつな」

「それ、あたしと踊ってよ」

「え？」

思わず真緒《まお》を見ると、彼女はむっとした表情で。

「なに？ もう誰かと約束してた？ それとも、あたしが相手じゃ嫌なの？」

「どっちも違うけど……ああいうのって、カップル限定みたいなイベントじゃなかったっけ？」

カップルか、友達以上恋人未満の男女か、あるいはウケ狙いの同性ペアが主な参加者で、スクールカーストの上位に位置するリア充《じゅう》達が音楽に合わせて踊るのだ。

女子と参加なんてしたら間違いなく冷やかされる。

そんな慧輝《けいき》の考えを悟ってか、顔を赤くした真緒が慌てたように言う。

「か、勘違いしないでよ？　あたしと踊ればアンタに他の女子が寄り付かなくなるからで、同人誌のネタのためであってそれ以外に意味なんかないんだからね？」

「なるほど、そういうことか」

真緒は慧輝が女子と付き合うことに反対している。

その理由はBL本のネタ集めに支障が出るというもので、慧輝の恋路を邪魔するためにに書道部に入ったというのだからある意味すごい。

真緒と踊れば確実に噂《うわさ》になるだろうが、ハーレム王にとっては今更だ。

「わかった。その方向でいこう」

「約束だからね」

そう念を押した彼女が別れ際、嬉《うれ》しげに頬《ほお》を緩ませていたのはどういう意味があったのか。

謎は解けないまま、林間学校一日目の夜は更けていったのである。

第三章　なんでここにヒロインが!?

林間学校二日目は初日に比べると穏やかに過ぎていった。

起床後に宿の食堂で朝食を取り、腹ごなしに森の中をハイキングして、十二時半を回った今は絶賛ランチタイム中なのだが……

「ちょっと食べすぎたな……」

屋外でのバーベキューということで、六班のメンバーとひたすら肉と野菜を食らった結果、お腹《なか》が膨れた慧輝《けいき》はベンチに座って食休みしていた。

お腹をさすりながらバーベキューを楽しむ同級生達を見守っていると、ご自慢のふわふわロングを揺らしながら恵《めぐみ》が近寄ってきた。

「桐生《きりゅう》氏はもう食べないんすか？」

「ちょい休憩中。南条《なんじょう》が延々と肉を皿に盛り続けるから」

「あはは、私もやられました。南条ちゃん、お母さんみたいっすよね～」

笑いながら言って、彼女も同じベンチの隣に座る。

遠すぎず、近すぎない絶妙な距離感で。

ちなみに今日の彼女はボーイッシュなパンツルックである。

「そういえば、今夜はキャンプファイヤーっすね」

「ああ、ちょうどこのへんでやるみたいだな」

「ダンスの時間もあるみたいですけど、桐生氏は誰かと踊るんですか？」

「いちおう、南条と約束してる」

「え、南条ちゃんと？　桐生氏が誘ったんですか？」

「いや、南条だけど」

「へー、南条ちゃんが……それはそれは……」

事情を聞いた恵が何やらニヤニヤする。

「なんなの、その顔は？」

「いえいえ別に？　ただ、漫研の先輩から面白い話を聞いたんで」

「面白い話？」

「実はですね――」

内緒話をするように恵が慧輝のほうに身を寄せ、耳打ちする。

「――この合宿のキャンプファイヤーで踊った男女は、将来かなりの高確率で結ばれるらしいですよ？」

「ふーん、そうなんだ」

「あれ？　思ったより反応薄いっすね？」

「まあ、実際恋人とかいたら盛り上がる話題だと思うけど。こちとら彼女いない歴十七年の独り身だし」

「それは夢も希望もないっすね」

「鬼塚《おにづか》さんって、けっこうズバッと言うよな」

ちなみに彼女は随時募集中です。

「でも、桐生《きりゅう》氏は興味なくても、南条《なんじょう》ちゃんは違うんじゃないっすか？」

「？　どういう意味？」

「もう、鈍いっすね。だから、南条ちゃんがその噂《うわさ》を知っててダンスに誘ったなら、桐生氏に気があるってことなんじゃないっすか？」

「え……」

一瞬、思考が停止する。

「……そういうことになるの？」

「普通に考えたらそうなるかと」

「マジか……」

恵曰《めぐみいわ》く、キャンプファイヤーで踊ったカップルは高確率で結ばれるらしい。

ピンクのパンツで告白の成功率アップというジンクスもあったし、慧輝《けいき》の高校はその手の話に事欠かない。

（南条は噂を知ってて俺を誘ったのか？　……いや、でも本人は同人誌のネタ集めのためって言ってたし……）

ＢＬネタの安定供給のため、他の女子が慧輝に言い寄るのを防ぐためだと言っていた。

彼女を突き動かしているのはＢＬ漫画にかける情熱であり、慧輝は男が愛し合う様を描くためのモデルとして重宝されているだけ。

だから、彼女が慧輝に執着する理由は恋愛感情などではない。

そう思っていたが、果たして本当にそうなのだろうか？

本当に、それだけの理由で男子をダンスに誘ったりするだろうか？

頭の中で恵の「桐生氏に気があるってことなんじゃないっすか？」という台詞《せりふ》が何度もリフレインする。

「私が見たところ、南条ちゃんは好きな人には超尽くすタイプっすよ？」

「そ、そうなの？」

「嫁にするならマジでおすすめなんで、狙ってるなら逃がさないようにしないと」

「いや、狙ってないから」

どうにも女子はなんでも恋愛ごとに結びつけたがる。

真緒《まお》の真意だって恵の想像にすぎないし、いったん彼女の話は忘れることにした。

「まあでも、踊る相手がいるだけいいと思いますよ」

「ってことは、鬼塚《おにづか》さんは相手いないんだ？」

「ふっ、そうっすよ……。オタサーの姫とかいって漫研の男の子達にちやほやされてるけど、その実態は彼氏いない歴＝年齢の非リア充《じゅう》っすよ……っ！　生まれてこのかたずっと寂しい独り身ですよ文句ありますか!?」

「なんかごめん……」

荒ぶる独身女子をなんとかなだめると、恵《めぐみ》がランチを楽しむ同級生達に視線を向ける。

そこには人目をはばからず焼き肉を食べさせ合うカップルがいて、それを見た恵はつまらなそうに眉をひそめた。

「……ほんと羨ましいですよね。人前で堂々とイチャイチャできる人達は」

「え……？」

「バカップルは爆発すればいいのに……」

「鬼塚さん!?」

「……なーんてね？」

意味深な台詞《せりふ》を言うだけ言って、何事もなかったかのように恵がベンチからお尻を上げる。

「私、そろそろ戻るっす！　肉食系女子としてたらふくお肉を食べねばなので！」

「お、おお……頑張れよ」

バーベキューという名の戦場に戻る肉食系女子を見送る。

「鬼塚さん、バカップルに恨みでもあるんだろうか……」

慧輝《けいき》もたまに「リア充爆発しろ」と思うことはあるが、恵のそれはもっと強い感情が込められている気がした。

と、そこへ、恵と入れ替わりで真緒《まお》がやってくる。

「おいっす」

「おー、南条《なんじよう》も食休みか？」

「そんなとこ。桐生《きりゆう》は鬼塚となに話してたの？」

「いろいろ話したけど、要約するとリア充は爆発しろって結論になった」

「いや、意味わかんないから」

仰《おつしや》る通りである。

「それより桐生、今夜の約束、憶《おぼ》えてる？」

「チークダンスの話だろ？　もちろん憶えてる」

「そ、ならいいけど」

クールな口調で言い、背中を向けた真緒が肩越しに視線を送ってくる。

「桐生もそろそろ戻らないと、お肉なくなっちゃうよ？」

「ああ、わかった」

「あ、それとね――」

思い出したように言って、振り返る真緒《まお》。

両手を背中の後ろに回すと、イタズラっぽい笑顔で告げる。

「あたし、桐生《きりゅう》と踊るの楽しみにしてるから！」

「んなっ⁉」

からかっているのか本気なのか判断のつかない一撃を放って、ご機嫌な様子で彼女は六班のスペースへ戻っていく。

「……今のは反則だろ」

思わぬ不意打ちにドキドキしながら慧輝《けいき》は恵《めぐみ》の話を思い出していた。

林間学校のキャンプファイヤーで踊った男女は結ばれるという噂《うわさ》。

そのことを、真緒はやっぱり知っていたのだろうか？

もしも知っていたのなら、恵の言葉通り彼女は慧輝のことを――

「いやいやいや、どうせまた安定の変態オチだから」

女子の思わせぶりな態度はだいたい変態の伏線である。

そう否定しつつも、慧輝の顔はバーベキューの焼き網ばりに熱くなっていた。

そうして迎えた夕刻、慧輝は翔馬《しょうま》と一階ロビーのソファーでくつろいでいた。

陽《ひ》が落ちかけた屋外では教師と係の生徒達がキャンプファイヤーの準備中で、ロビーには他にもイベントの開始を待つ生徒がちらほらと集まっている。

そんな憩いの場で、翔馬が「はあ」とアンニュイな溜息《ためいき》を漏らした。

「せっかくのキャンプファイヤーなのに、どうして小春《こはる》ちゃんがいないんだろうね」

「学年が違うから仕方ないな」

「そういう慧輝は真緒ちゃんと踊るんだっけ？」

「ああ、そういう約束になってる」

「小春ちゃんの代わりに、なんなら慧輝と踊ろうと思ってたのに残念だよ」

「その罰ゲームで喜ぶの南条《なんじょう》だけだろ」

男ふたりでくだらない話をしていると、ポケットの中でスマホが震えた。

「お、瑞葉《みずは》からだ。なになに……って、んんん!?」

メールを開くと一枚の写真が添付されていた。

そこに映っていたのは見覚えのあるグレーの下着を着けた、いや、むしろ下着しか身に着けていない瑞葉のあられもない姿。

そして写真に添えられていたメッセージがこちらである。

『いい感じの脱衣スポットを見つけたので、記念にストリップショーを開催中です♪』

「なにしてんの⁉」

驚愕《きょうがく》する兄に、追い打ちをかけるように新たなメッセージが届く。

『せっかくだから、生で兄さんに見てほしいな？』

「え……？」

『早くこないと、このまま全部脱いじゃうよ？』

「早まるんじゃない⁉」

妹からの危険すぎるメッセージが止まらない。

「慧輝《けいき》？　どうかしたのかい？」

「すまん、ちょっと急用ができた！」

「え、キャンプファイヤーは？」

「先にいっててくれ！」

スマホを片手に、慌てて席を立った慧輝は急いでロビーを抜け出した。

「くそ、あの露出魔め……っ！」

もしも誰かに見つかったら洒落《しゃれ》にならない。

悲劇が起きる前に瑞葉《みずは》に服を着せねばなるまい。

瑞葉が指定した場所は、宿本館の通路奥にあった。

普段は使っていない物置部屋といったところだろうか、鍵のかかっていない扉を開けて侵入すると、鉄製の大きな棚が並ぶ教室ほどの広さの空間があった。

「瑞葉！」

「あ、兄さん。きてくれたんだ」

段ボールが積まれた棚の合間を奥に進むと、写真と同じ下着姿の瑞葉が待っていた。

そのすぐ傍《そば》には彼女が脱いだと思《おぼ》しき衣服が綺麗《きれい》にたたまれていて、露出プレイで興奮しているのか、変態娘の頬《ほお》は既に赤く色づいていた。

「これ、憶《おぼ》えてるかな。前に、兄さんに選んでもらった下着なんだけど」

「忘れるわけないだろ」

どうりで見覚えがあるはずだ。

瑞葉が身に着けているグレーの下着は、夏休みに彼女とデートした際、慧輝自身が選んだものだった。

「えへへ。勝負下着、兄さんに見られちゃった」

「自分で見せたんじゃん……」

「このあとはどうしよっか？　このままわたしが自分で脱げばいいかな？　それとも兄さんが脱がす？」

「なんでそんなに脱ぐ気満々なの⁉」

息をするように下着を脱ごうとする妹に困惑しかない。

ブラとパンツオンリーのあられもない姿にドキドキするし、こんな場所で全裸になられたらと思うとハラハラする。

「いくら露出が好きだからって、こんな場所で脱ぐなんて悪ふざけがすぎるぞ」

「ふふん、これは色仕掛けだよ」

「色仕掛け？」

「今夜のキャンプファイヤーで、兄さんが真緒《まお》ちゃんと踊るって聞いたから」

「ああ、その予定だけど……」

「それ、わたしとも踊ってほしい」

「え？」

「わたしも、兄さんと踊りたい」

胸に手を当て、真剣な表情で瑞葉《みずは》がそう口にする。

「それを言うためにわざわざ呼び出したのか？」

「だって、兄さんが誰かと踊るなんて思わなかったし、もう妹だからって理由で遠慮したくないもん」

「瑞葉……」

「それに、このあたりで改めて意思表示しておこうと思って」

「意思表示？」

「兄さんは、わたしの兄さんだって」

「っ!?」

気になる異性をダンスに誘い、周囲に「こいつは自分のものだ」とアピールするのにキャンプファイヤーは最適なイベントだ。

それに加えて例のジンクスの話もある。

恋する乙女が暴挙に及ぶのも無理からぬことなのかもしれない。

「そういうわけなので、こちらの要求が通らない場合は、ここで無理やり既成事実を作るのも辞さない覚悟です」

「なにする気!?」

「なにする気だと思う?」

ブラのセンターに左手の人差し指をかけ、パンツと肌の隙間に右手の親指を入れる。

少し手を動かせばすぐに下着をずらせる構えだ。

「さあ兄さん、妹を裸にしたくなかったら一緒に踊るって約束しなさい!」

「それ色仕掛けじゃなくて脅迫じゃん!?」

当然、瑞葉を裸にさせるわけにはいかない。

けれど、ここで素直に頷《うなず》けばテロに屈したのと同じ。

味を占めた瑞葉が今後もこのやり口で交渉を持ちかけるようになるかもしれない。

(昨日のことといい、今回の瑞葉《みずは》はやりすぎだ)

彼女の露出趣味は到底容認できるものではない。

ノーパンだけでも兄の精神をすり減らすというのに、公共施設での全裸プレイまで習得されたら本当に手に負えなくなる。

(これは、今こそ『反面教師作戦』を決行する時じゃないか?)

反面教師作戦は有効だ。

事実、彩乃《あやの》にはそこそこ効果があった。

慧輝《けいき》が変態になりきることで、瑞葉にも反省してもらうことができるはずだ。

「ええい、ままよ!」

「……え? に、兄さん? なにして……っ!?」

瑞葉が戸惑うのも無理はない。

自分の兄が突然、上着とシャツを脱ぎ捨てたのだから。

上半身を剥《む》き出《だ》しにした慧輝は更に自身のズボンに手をかけ、チャックを開けて一気に引き下ろした。

誕生したのはトランクス一丁のシンプルな変態である。

「さあ、俺の痴態をその目に焼き付けるがいい!!」

妹の前でわざと下着姿を晒《さら》すなど言い逃れできないレベルの変態行為。

それでも瑞葉が己の変態を悔い改め、真人間になってくれれば安いものだ。

しかし、現実はそう簡単にはいかなかった。

「……兄さん、とうとうその気になったんだね？」

「ん？」

なぜか瑞葉は感極まった様子で、何かを期待するようにモジモジし始めたのだ。

「本当はダンスでいい雰囲気になったあとの予定だったけど、そっちがその気ならぜんぜんやぶさかじゃないです……」

「あ、あれ？」

妹の前でパンツ一丁の姿になってドン引きさせ、露出狂がいかに度し難い変態か思い知らせてやろうとしたのに、何やら雲行きが怪しい方向へ……

「初めてはベッドの上がよかったけど、これはこれで味があるよね」

「え、あの……瑞葉さん？」

「今日はちゃんと準備もしてるから、いろいろ安心だよ？」

「どういうこと⁉」

意味不明だが、彼女が不穏なことを口走っているのはわかる。

「え？　わたしとエッチしたくて脱いだんでしょ？」

「はあ⁉」

「温泉旅館なら兄さんも開放的な気分になるかもと思っていろいろ試してみたけど、成功してよかった」

「いろいろって……まさか、ナース服で起こしにきたり、荷物にパンツを入れたり、スカートめくりの動画を撮らせたりしたのはそのために？」

「うんっ、兄さんをムラムラさせておいしく頂くつもりでした♪」

「なんということでしょう……」

全ては兄を性的に興奮させるための伏線だったのだ。

虎視眈々《こしたんたん》と兄の体を狙うとか、妹が肉食すぎて困る。

「というわけで兄さん？　可愛《かわい》い妹とイイコトしよ？」

「なにこの展開!?」

最近は比較的大人しかったので忘れていたが、瑞葉《みずは》は意外と性に対して積極的なのだ。

身の危険を感じ取るも、パンツ一丁の変態スタイルでは逃走もできない。

この姿を第三者に見られたら学校にいられなくなる。

「お願い兄さん。わたし、もう我慢できない……すごく体が熱いの……」

「うえぇっ!?」

瑞葉に潤んだ瞳で見つめられて頭が沸騰する。

「兄さぁん……」

「うわあっ⁉」

ふらりと忍び寄った瑞葉が飛びついてきた。

しかも、甘えるようにスリスリと頬《ほお》を擦りつけてくるのだからたまらない。

普段なら少し激しめのスキンシップで言い訳がきくが、今は互いに下着のみの半裸状態。

超軽装備で密着する様は、もう完全に行為寸前のカップルである。

（俺の腹部に、めっちゃ柔らかい感触が……っ⁉）

押し当てられた胸のボリュームときたら、もう圧巻である。

並の男子ならこれだけで陥落する威力だ。

このままだと本気で妹に食べられてしまう。

童貞が童貞卒業を覚悟し始めたその時、

「……あれ？」

慧輝《けいき》は瑞葉の様子がおかしいことに気がついた。

いつまで経《た》ってもハグ以上の追撃がこない。

数秒前まであれほど積極的だったのに、それ以上は何もしようとせず、兄にもたれかかったまま動きを止めてしまったのだ。

「……瑞葉？」

「………………」

声をかけても応えず、目を閉じてぐったりとしている。

それに、なんだか息が荒いようで……

「瑞葉《みずは》……？　おい、瑞葉!?」

思いもしない非常事態。

慌てて瑞葉の体を抱きかかえ、その額に手をやる。

「……熱い」

手から伝わる彼女の体温は、痛いくらいに熱かった。


宿の三階にある客間。

畳の上には布団がひとつ敷かれており、パジャマに着替えた瑞葉が横になっていた。

目を閉じた彼女は苦しそうで、赤い頬《ほお》が体温の高さを物語っている。

「熱はあるけど、薬を飲ませたからすぐによくなると思うわよ」

「そうですか……」

布団の傍《そば》に座る慧輝《けいき》にそう言ったのは橘香織《たちばなかおり》先生だ。

年下の彼氏がいる二十八歳の養護教諭である。

「すみません、橘先生。わがままを聞いてもらって」

「これくらいわけないよ。お兄ちゃん自ら看病したいなんて可愛《かわい》いじゃない」

あのあと、急いで瑞葉に服を着せた慧輝は翔馬《しょうま》に連絡して先生を呼んでもらった。

駆けつけた橘教諭の指示で熱を出した瑞葉を部屋に運ぶことにしたのだが、他の生徒に風邪をうつしてはいけないので、特別に個室をあてがってもらえることになった。

そして慧輝自身が希望して瑞葉を看病することにしたのだ。

三階への男子の立ち入りは禁止だが、それも特別に許可をもらった。

「わかってるとは思うけど、他の女子の部屋に入っちゃダメだからね？」

「心得てます」

「ああそれと、宿の人には話を通しておくから、落ち着いたら桐生《きりゆう》君もお風呂に入りなさいね」

「わかりました」

「じゃあ私は部屋に戻るけど、なにかあったら遠慮せず呼ぶように」

「はい。ありがとうございます」

優しい笑顔で頷《うなず》いて香織が退室する。

瑞葉のほうへ視線を戻すと、目を開けた彼女が申し訳なさそうに言う。

「ごめんね、兄さん……」

「いいって。熱が出たんじゃ仕方ないし」

「でも、真緒《まお》ちゃんと約束してたでしょ？」

「さっき連絡したから大丈夫。今度埋め合わせするよ」

今頃、外ではキャンプファイヤーの真っ最中だろう。

参加できないのは残念だが今は瑞葉《みずは》のほうが大切だ。

(そりゃ、この寒い時期に外でお腹《なか》を出したり下着姿になってたら風邪も引くよな)

思い返すと体を冷やすことばかりしている。

これに懲りて、しばらく露出プレイは自重してほしいものだ。

「それより、体の調子はどうだ？」

「……頭がガンガンする」

「熱のせいだな。兄さんが代わってやれたらいいんだけど……」

「兄さんって、本当にシスコンだよね」

いつものやり取りに瑞葉が少し笑顔になる。

「……兄さん？」

「ん？」

「シャワー浴びたい……」

「シャワーは却下。熱が上がっちゃうだろ」

「でも、汗かいて気持ち悪い」

「体拭いてやるから、今日はそれで我慢してくれ」

「……うん、わかった」

綺麗《きれい》好きな瑞葉には辛《つら》いだろうが、熱があるのだから仕方がない。

せめて汗を拭いてやろうと、洗面器にお湯とタオルを用意する。

「ほら、準備できたぞ。パジャマ脱ぎ脱ぎしなさい」

「うん……」

布団の上で、瑞葉がのそりと体を起こす。

その場にぺたんと座って兄に背を向けると、たどたどしい手つきでボタンを開けて、パジャマを脱いだ。

「…………」

今までも瑞葉が風邪を引いたことは何度かあった。

家にふたりきりの家庭環境なので、お風呂に入れない時とか、こうして汗を拭くことも当然あって。

（前は別に、なんとも思わなかったのに……）

それなのに、なぜだろう？

女の子らしい華奢《きやしや》な肩とか、同じ人間とは思えない肌のきめ細やかさとか、彼女の放つ異性らしさに見惚《みと》れてしまった。

「……兄さん？」

「え？」

「どうしたの？」

「ああ、ごめん……なんでもないよ」

ぼーっとしてる場合じゃない。

今の瑞葉《みずは》は病人なのだ。体が冷える前に拭いてあげないといけない。

「じゃあ、拭くからな」

「お願いします」

お湯に浸し、しっかりと絞ったタオルで瑞葉の背中をぬぐう。

「あぅ……兄さん、くすぐったい」

「我慢しなさい」

女の子は華奢《きゃしゃ》だから、始めてしまえばあっという間だ。

背中を拭くのにそれほど時間はかからなかった。

「ほら、終わったぞ」

「うん、ありがと」

感謝を告げた瑞葉がからかうような口調で続ける。

「前のほうはしてくれないの？」

「前は自分でやりなさい」

「はーい」

タオルを手渡すと、丁寧に体の前を拭いていく。

やはり体調が悪いらしく、少し時間はかかったが、ようやくすっきりしたのか満足げな溜息《ためいき》を吐いた。

そのままパジャマを着ようとした瑞葉《みずは》だったが、熱のせいかボタンを留《と》めるのに苦戦していたので、それはやってあげた。

「これでよし」

「ありがとう」

「どういたしまして。ほら、もう横になれって」

「うん……」

体を起こしているのも辛《つら》かったのだろう。

再び布団に横になると、瑞葉が深い息を吐く。

「……兄さん？」

「ん？」

「わたしが眠るまで……手、握ってて？」

「ああ、いいよ」

風邪を引いた時、瑞葉は普段より少しだけ甘えん坊になる。

要望に応えると、彼女は安心したように目を細めた。

「早く良くなるように、今日はもう寝ような」

「んー……やっぱり寝たくない……」

「その心は？」

「ずっと起きてたら、ずっと手を繋《つな》いでいられるから」

「いいから寝なさい」

「はぁい」

子どものような返事をして、今度こそ瑞葉が目を閉じる。

それからほどなくして、彼女は静かな寝息を立て始めた。

「……おやすみ、瑞葉」

起こさないよう、優しく瑞葉の頭を撫《な》でる。

愛する妹の寝顔は、控えめに言って天使だった。

◇

瑞葉が寝入ってからどれくらい経《た》っただろう。

時計を確認すると時刻は零時過ぎで、とっくに消灯時間を過ぎていた。

「寝る前に風呂いっとくか」

瑞葉《みずは》が心配で延々と寝顔を見守っていたが、そろそろ休まないと朝が辛《つら》い。

眠る妹を残して退室した慧輝《けいき》は二階の部屋に立ち寄り、翔馬《しょうま》を起こさないよう着替えを確保して一階にある風呂に移動した。

誰もいない脱衣所で服を脱ぎ、腰にタオルを巻いて浴場へ。

入念に体を洗ってから満を持して露天風呂へ向かう。

肩まで湯に浸《つ》かると、冷たい外気にさらされた肌に温泉の熱さが一気に染み渡った。

「これは贅沢《ぜいたく》の極みだな……」

友人と喋《しゃべ》りながら入る温泉も楽しいが、ひとりで静かに浸かるのも悪くない。

十二月間近の山間部の夜は素っ裸ではさすがに寒かったが、この開放感はなかなか味わえるものではないだろう。

そうして広い露天風呂を満喫していると、

「……ん？」

カラカラと音を立て、浴場の引き戸がゆっくりと開いた。

「あれ、誰かきた？」

既に消灯時間は過ぎている。

宿自体を学校が借り切っているので一般の宿泊客はいないはず。

だとすれば、考えられるのは温泉が好きすぎてこっそり入りにきた男子生徒か教諭、あるいは宿の従業員のいずれかだ。

「……え？」

しかし、それらの予想は全て外れることになる。

貸し切り状態の露天風呂に現れたのは、赤茶色の髪をお団子状にして、体にバスタオルを巻いた南条真緒《なんじょうまお》だったのである。

「南条⁉」

「……おっす」

男湯に、入っていたら、女子乱入。

癒やしの空間が一瞬にして事件現場に変わる。

さすがに恥ずかしいのか、しきりにバスタオルの胸元や裾の部分を気にしてモジモジしている姿が可愛《かわい》いが、正直それどころじゃない。

「貴様、ここが男湯と知っての狼藉《ろうぜき》か⁉」

「もちろん知ってるけど、桐生《きりゅう》がお風呂に向かうのを偶然見かけたからさ。せっかくだから一緒に入ろうと思って」

「どういうこと⁉　誰かきたらどうするんだよ⁉」

「大丈夫じゃない？　入り口に清掃中の看板立てといたし」

「小癪《こしやく》な偽造工作を……」

「もうみんな寝てるだろうし、いいでしょ？　寒いから入れてよ」

「え？　……ちょっ!?」

返事を待たず、かけ湯をした真緒《まお》が湯に浸《つ》かる。

そして当然のように慧輝《けいき》のすぐ横に座った。

「……はあ、気持ちいいね」

「そ、そうですね……」

思わず敬語で受け答えしてしまう。

混乱しすぎて頭がうまく回ってくれない。

（なんなのこの状況？　なんで俺、南条《なんじよう》と温泉入ってるの？）

男湯に同級生女子がいるシチュエーションが謎すぎる。

もう深夜といっていい時間帯で、真緒の言う通り生徒はおろか教師陣も夢の中だろうが、それにしたって男湯に乱入してくる意味がわからない。

「……あんまこっち見ないでよ。タオル巻いてるけど裸なんだから」

「温泉でタオルはマナー違反なんじゃ……」

「なにか言った？」

「いえ、なにも」

むしろタオルがなかったら困るのは慧輝のほうだ。

夜の外は暗いが、照明の類は稼働しているので視界は良好となっている。

なのでちらりと横を見ると、タオルで隠しきれない胸の谷間を拝むことができた。

その反面、すぐ傍《そば》に裸の女子がいるのはやはり落ち着かない。

混浴に憧れがなかったといえば嘘《うそ》になるが、実際に体験してみると緊張しすぎてぜんぜん楽しめなかった。

「……何度も言うけど、ここ男湯だぞ？　いったいなにが目的なんだ？」

「目的ってほどでもないけど……」

「まさか、作画資料用に俺の裸体を観察しにきたのか？」

「正直、それはすごくしたい」

「南条さんのエッチ！」

「バカじゃないの？　ま、否定はしないけど」

「しないのかよ」

「エロくなかったらBL漫画なんて描かないでしょ」

「そうですね」

納得の理由である。

「そういえば、瑞葉《みずは》は大丈夫なの？」

「ああ。まだ熱はあるけど、ぐっすり寝てるから大丈夫だ」

「そっか……」

ほっとしたように真緒《まお》が息を吐く。

瑞葉のことは伝えていたので心配してくれていたのだ。

「……あのさ、南条《なんじょう》」

「なに？」

「南条との約束、守れなくてごめん」

「別に気にしてないけど。妹が倒れたんだし、のんきに踊ってる場合じゃないでしょ」

瑞葉の体調不良が発覚したあと、慧輝《けいき》は真緒に連絡を取っていた。

メールでキャンプファイヤーに参加できないことを伝え、約束を果たせないことを謝ると、今と同じように優しい言葉をかけてくれた。

「踊らなくてもそれなりに楽しかったしね。あんな盛大に火を焚くことってなかなかないし。秋山《あきやま》と鬼塚《おにづか》はイチャついてるカップルを呪ってたけど」

「そっか……」

「まあ、誰かさんと踊れなかったのは残念だけどね」

「お、おう……」

「約束の相手にすっぽかされて、ひとりでキャンプファイヤーを眺めるのが思いのほか寂しかったり寂しくなかったり」

「ごめんて……」

「あはは、冗談だってば。ほんとに怒ってないから」

「ほんとかよ……」

合宿中はだいたい怒ってたので笑顔が信用できない。

「今度、なにかしらで埋め合わせするから」

「別にいいのに」

「いや、それだと俺の気が済まない」

「桐生《きりゅう》って、変なところで頑固だよね」

呆《あき》れながらも、どこか嬉《うれ》しそうに真緒《まお》が微笑《ほほえ》む。

「それならさ？　今、踊らない？」

「踊るって……ここで？」

「いいじゃん。どうせ誰もいないんだし」

「そうだけど、そもそも女子に見せつけるのが目的じゃなかったっけ？」

同人誌のネタ集めのため、慧輝《けいき》が他の女子と付き合うのは許さない。

それが南条《なんじょう》真緒のスタンスだった。

一緒に踊る約束にしても、女子が言い寄ってこないよう予防線を張るという話だったし、観客のいないこの場所で踊る理由はないはずなのだが……

「理由がないと、あたしと踊るのは嫌……？」

悲しそうな顔でそんなことを言われてNOと言えるわけがない。

「わかった、踊ろうか」

彼女の言う通り、露天風呂は貸し切りだ。

ダンスが下手くそでも誰かに見られる心配はない。

「あ、でも桐生もちゃんとタオル巻いてよ？」

「当たり前だろ」

露出魔になりきった時もパンツだけは死守した男だ。

女子に股間を晒《さら》す趣味はないので、いそいそと腰にタオルを巻く。

お互いにタオル一枚の姿で、その場に立ったふたりは向かい合う。

「あ、あんまりジロジロ見ないでよ……」

「この状況でそれ言う？」

「じゃあ、さっそくだけど……」

「お、おう……」

どちらからともなく手を取り合うと、ふたりは静かに踊り始めた。

「ちょっと動きにくいな」

「お風呂の中だしね」

「ステップって、これで合ってるんだっけ？」

「そんなのテキトーでいいじゃん」

言葉を交わしながら一歩一歩、ゆっくりとステップを踏む。

ここには夜空を照らすキャンプファイヤーも、舞台を彩る音楽もない。

ふたりとも経験がないから、きっとものすごく無骨なダンスになってると思う。

それでも――

「あたしたち、こんな夜更けになにしてるんだろうね」

「ほんとにな」

「でも、ちょっと楽しい」

「そうだな」

露天風呂で女子と踊るなんて、冷静に考えればとんでもないことをしてると思う。

だというのに、不思議と気分は悪くない。

ダンスに興じる真緒《まお》は楽しげで、ふたりで不格好《ぶかっこう》なステップを踏むたび、ふわふわと心が躍った。

「初めてにしてはなかなか様になってたんじゃない？」

「言い切れるけど、それはない」

ひとしきり踊ったあと、体を離したふたりはそんな会話を交わす。

「でも、ちょっとスッキリした。合宿中はずっとモヤモヤしてたから」

「モヤモヤ？」

「桐生《きりゅう》、初日から瑞葉《みずは》や副会長とイチャついてたでしょ？　こっちが必死でアンタとの距離を縮めようとしてるのに、他の子と仲良くしてたらムッとするじゃん」

「……え？」

なんでもないような台詞《せりふ》に混ぜ込まれた爆弾。

それを指摘する前に彼女は更に言葉を重ねる。

「知ってると思うけど、あたし、ＢＬ本を描いてる時がいちばん楽しいんだよね。好きなものを好きなように表現できるって、最高の贅沢《ぜいたく》だと思ってる」

「お、おお……」

「でも、桐生といるとさ、それと同じくらい楽しいんだよね」

「それって……」

「桐生は？」

「え？」

「桐生は、あたしのこと……どう思ってる？」

それは奇《く》しくも昨夜、翔馬《しょうま》にされたのと同じ質問だった。

南条真緒《なんじょうまお》をひと言で現すなら努力家で、好きなものに一生懸命で、素っ気ないようで優しくて、そんなギャップが可愛《かわい》い自慢の友人だと思ってる。

「そうだな、ちょっと言いにくいけど……」

こういうことを言葉にするのは照れくさい。

だけど、ここで逃げるのは男らしくないと思うから――

「南条のタオルが、もう少しではだけそうだなって思ってる」

「へ……?」

予想外の返答に真緒が目を丸くする。

ダンスで動いたせいだろう、彼女の体を守っているタオルの胸元がこう、絶妙な感じではだけそうになっていたのだ。

「〰〰〰〰〰っ!?」

ようやく状況を理解した真緒が、かあっと顔を真っ赤にする。

彼女は片手ではだけたタオルを押さえると、

「もっと早く言え!」

もう片方の手で気の利かない男子の胸をどんと押した。

「――へ?」

間抜けな声を上げた直後、盛大に水音を立てて慧輝《けいき》が尻もちをつく。

「あ、ごめん……大丈夫？」

引き起こそうと近づいた真緒だったが、お湯の中で慧輝の足に躓《つまず》き、こちらも盛大にバランスを崩した。

「きゃっ!?」

「うおっ!?」

結果、先に倒れた男子の上に、折り重なるような体勢で着地。

その拍子、不幸にも彼女のバスタオルがはらりと剥《は》がれ落《お》ち、互いの肌がダイレクトに触れ合った。

「…………」

「…………」

尻もちをつき、手を後ろについた状態で固まる慧輝。

そんな男子の上に、すがりつく体勢で止まった真緒。

もう一度言うが、お互いに裸である。

彼女のけして小さくない豊かな膨らみが慧輝の胸板に押し当てられ、生々しい柔らかさが容赦なく襲いかかった。

（これは、まずい……っ!?）

この刺激は理性でどうにかなるレベルを超えている。

身もフタもない言い方をすれば、勃つ。

股間にぶら下がる男の象徴が戦の準備を始めてしまう。

「南条《なんじよう》！　わるいが今すぐどいてくれ！」

「そんな怒んなくてもいいじゃん。すぐどくから——って、ん？」

「はう!?」

真緒《まお》が体を離そうと手を動かした瞬間、その悲劇は起こってしまった。

「……え？　なに、この変な感触……？」

自身の手から伝わる未知の感触に彼女は眉をひそめる。

風呂の底に置こうとした彼女の右手は、何やら棒状の、ブニブニとした物体を握っていたのである。

(それ、俺のムスコなんですけど!?)

倒れた拍子に慧輝《けいき》のタオルも取れてしまったのだろう。

そうして剥《む》き出《だ》しとなった男性器に、あろうことか真緒の手がふれてしまったのだ。

しかも彼女は手を離さないばかりか、正体を確かめるようにナニをニギニギし始めたのだから堪《たま》らない。

「うにゃあああっ!?」

「え、なに？　アンタ、なに変な声出してんの？」

最大の弱点に乱暴な刺激を加えられ、思わず絶叫する被害者。

それを見た真緒は、ようやく自分の握っているものの正体に思い至った。

「……え？　これってまさか……桐生《きりゅう》の⁉」

大正解である。

彼女が握っているそれは他でもない、ほどよく半勃ちになった男子の象徴である。

「ちょっ、嘘《うそ》でしょ⁉　……っていうかこれ、ちょっとおっきくしてない？　いや、そんなことよりも、あたし今、桐生の桐生をぎゅってしちゃって……っ⁉」

あまりの事態に大混乱。

弾かれたように体を離し、近くに漂っていたタオルを拾い上げて体の前を隠した彼女は、可哀想《かわいそう》なくらいに顔を真っ赤に染め上げていた。

唇を引き結んだ真緒が、警戒するように視線を慧輝に向ける。

「……なんでそんなにしてるワケ？」

「これは男の生理現象です。仕方がないことなんです」

「ふーん？　……それってさ、あたしで興奮したってこと？」

「まあ、ありていに言えば……」

「そうなんだ……」

「なんか、すまん……」

「……別にいいけど」

「ん？」

「桐生《きりゅう》だったら……嫌じゃないから……」

「え？　それって、どういう……」

意味深な発言に戸惑う慧輝《けいき》。

それに対し、真緒《まお》は真緒でいっぱいいっぱいだった。

（あたし、なに言ってんの!?　こんなのもう、好きって言ってるようなもんじゃん！）

そんな感じで頭の中はパニック状態。

冷静な判断を失った彼女はひとつの妙案にたどり着く。

（もうこれ、告白するなら今じゃない!?　今しかなくない!?　言っちゃえ！　言っちゃえ、あたし！）

既に告白と同義の発言をしてしまったのだ。

どうせ引き返せないなら、ここで「好き」だと伝えてしまおう。

今なら勇気を出せる気がしたから、真緒はここで告白に踏み切ることにした。

「だって……だってあたしは……」

胸元に当てたタオルをぎゅっと握って、片想《かたおも》い中の男子に向け、これまでずっと秘めていた気持ちを解き放った。

「あたしは、桐生のおちん○んが大好きだから！」

なにやら混ざった。

一世一代の告白と、絶対に混ぜてはいけない何かが混ざってしまった。

愛の告白とおち○ちんの奇跡のコラボ。

告白に対する焦りと男子のアレのことしか考えてなくて、そのふたつが絶妙に絡み合った状態で口から出てしまったのである。

（や、やっちゃったああああああああっ⁉）

南条《なんじよう》真緒、痛恨のミス。

面と向かって「おちん○んが大好き☆」発言とか、ただの痴女だ。

当然、そんな告白をされた相手も困惑顔である。

「な、南条……？　お前、いったいなにを言ってるんだ……？」

「じゃっ、そういうことだから！」

「どういうこと⁉」

もう頭の中がぐちゃぐちゃで、うまく彼の誤解を解ける気がしない。

真緒《まお》にできたのは、その場から逃げ出すことだけだった。

◇

「(ああもう、やらかした～っ!!)」

露天風呂の悲劇の十分後。

三階の四人部屋で、自分の布団に潜り込んだ真緒が小声で悶《もだ》えていた。

合宿中、積極的に慧輝《けいき》にアタックする瑞葉《みずは》や彩乃《あやの》の姿を見ていた真緒は、いちばん出遅れているのは自分なのではと焦っていた。

彼女達にあって自分にはないもの。

それは目的のためなら手段を選ばない積極性である。

紗雪《さゆき》や唯花《ゆいか》、瑞葉がわりとグイグイいくタイプなのに対し、真緒のアタックはどちらかといえば控えめだった。

そこで真緒は、普段なら絶対にしないであろう色仕掛けに出ることにした。

トイレに起きた際、偶然瑞葉の部屋から慧輝が出てくるのを目撃し、彼が風呂に向かったことを知ると男湯に突撃するという暴挙に出たのである。

教師に見つかったら大惨事だったが、恋する乙女は盲目だった。

とにかく押して押して押しまくる作戦で好感度アップをはかったのだ。

露天風呂でダンスを踊ったところまでは順調だったのに、最後の最後で信じられないポカをやらかしてしまった。

「(桐生《きりゅう》に、おちん○ん大好きな痴女だと思われた……)」

おそらく奴《やつ》のアレを握ったのは自分が初だろう。

そういう意味では他のライバルより一歩リードしたわけだ。

「(たしかに仲を進展させたいとは思ったけど、こういうことじゃなくない⁉)」

こんな進展の仕方は望んでなかった。

一度だけ時間を巻き戻す力があるなら即巻き戻してる。

「(……でも、桐生のアソコ、意外とたくましかったな……)」

なんとも言えない未知の感触を思い出して真緒が頰《ほお》を赤くする。

初めてさわった男子のアソコは臨戦態勢を取っていた。

硬さから察するに全開ではなかったと思うが、それはつまり真緒の体で興奮してくれたということで――

「〰〰〰〰⁉」

バタバタバタバタ。

恥ずかしさで足をばたつかせたところ、隣で寝ていた恵《めぐみ》に「うるさい」と怒られた。

◇

「……まったく眠れん」

深夜一時過ぎ。二階の部屋で布団に横になりながら慧輝《けいき》はそう呟《つぶや》いた。

風呂で起きた真緒《まお》との出来事が原因で目が冴《さ》えてしまったのだ。

隣の布団では翔馬《しょうま》が幸せそうな顔で熟睡していて、どんな夢を見ているのか時おり「小《こ》春《はる》ちゃんラブ……」などと呟いている。

と、明かりを落とした室内で、枕元に置いていたスマホがうっすらと光った。

「なんだ、こんな時間に？　……って、藤本《ふじもと》さん？」

確認すると、彩乃《あやの》からメッセージが届いていた。

内容は『起きてる？』のひと言だけ。

一瞬、また変態プレイに巻き込む気かと身構えたが、こんな夜更けにそんな用件で連絡を寄越《よこ》すとは思えない。

緊急の案件かもしれないので、とりあえず返信してみる。

『起きてるよ。どうした？』

『桐生《きりゅう》君に話したいことがあるの。今、少しだけ付き合ってほしい』

『わかった。どこにいけばいい？』

少し間を置いて『じゃあ、三階の休憩スペースに』と返ってくる。

それに『了解』と返し、浴衣の上に茶羽織《ちゃばおり》を重ねた慧輝は翔馬を起こさないよう静かに部屋を出た。

さすがにみんな眠っているようで、館内は話し声はおろか物音ひとつしない。

階段を上がり休憩スペースに足を運ぶと、夜のベランダに慧輝と同じ格好《かっこう》の彩乃の姿があった。

彼女にならって外に出ると、綺麗《きれい》な冬の星空が出迎えてくれた。

「ごめんね、こんな夜遅くに」

「いいよ、俺も眠れなかったから」

「起きてくれてよかった。どうしても伝えたいことがあったから」

「伝えたいこと？」

聞き返すと、コクリと彩乃が頷《うなず》く。

「桐生君にお願いがあって……今度の生徒会選挙で、わたしの推薦人になってほしいの」

「推薦人？」

彼女の話は思いもよらない内容だった。

そもそも生徒会選挙があるというのも初耳だ。

「あれ？　けど、次の生徒会長は藤本《ふじもと》さんで決まりじゃなかったっけ？　鷹崎《たかさき》先輩がそんなことを言ってたような……」

桃沢《ももさわ》高校の生徒会長は、基本的に前任者が指名していると聞いた覚えがある。

「今年は、他に立候補者がいたから」

「ああ、そういうことか」

そういえば志帆《しほ》も「他に立候補者が出てこない限り」と言っていた。

生徒会役員以外から名乗りを上げた生徒がいたのだろう。

「それで、選挙っていつなんだ？」

「週明けの月曜日に告示されて、投票は金曜日」

「え、早っ!?」

「ごめんなさい……本当は、もっと早く伝えられたらよかったんだけど……」

「………」

彩乃《あやの》が言い出せなかった理由は、なんとなくわかる気がした。

慧輝《けいき》が生徒会ではなく書道部に戻ることを選んだから、それを気にして要請を躊躇《ためら》っていたのだろう。

「会長に立候補するには推薦人が五人必要で、今の生徒会メンバーと、三谷《みたに》君の前任者に名前だけ貸してもらう予定」

「その人を合わせても四人だもんな。けど、藤本さんなら別に俺じゃなくても協力者が見つかりそうだけど」

藤本彩乃は人望がある。

成績優秀で面倒見がよく、口数は少ないが人から愛される才能を持っている。

彼女が依頼すれば引き受けてくれる生徒は多いはずだ。

そんな慧輝の指摘に、彩乃はふるふると首を振る。

「わたしは、他の誰かじゃなくて桐生《きりゅう》君に手伝ってほしい。わがままかもしれないけど、わたしがいちばん信頼してる人だから」

「藤本さん……」

書道部を選んだことは後悔していない。

だけど、自分が抜けた生徒会に後ろ髪を引かれる思いがあったのは事実で……

「わかった。俺も選挙が終わるまで付き合うよ」

「いいの?」

「ああ、大変な時は手伝うって約束したしな」

「ありがとう」

ほっとしたように彩乃が笑う。

その笑顔を見て、慧輝は不意に思い至った。

「もしかして、初日に言ってた大事な話ってそのことだったのか？」

「そうだけど」

「マジか……てっきりパンツを要求されるとばかり」

「どうせパンツをねだるなら、一日穿《は》いたあとの濃厚なのをお願いする」

「まあ、藤本《ふじもと》さんならそうだよな……」

慧輝《けいき》は朝から彩乃《あやの》のパンツを要求していたわけだが、匂いフェチとしては落第点だったようだ。

そんなことを思っていると、彩乃が突然モゾモゾと浴衣の裾から中に両手を入れた。

すると次の瞬間、一気に自身のパンツをずり下ろした。

「なにやってんの!?」

「？　パンツを脱ごうとしてるけど」

「なぜ脱ぐ必要が!?」

「桐生《きりゅう》君は女の子の匂いに興味があるようなので、手伝ってくれるお礼にと思って」

「そういえば誤解を解くの忘れてた！」

初日の反面教師作戦が原因で、彼女は慧輝を匂いフェチと勘違いしていたのだ。

確かに彩乃の匂いを嗅いだり、パンツを要求したりしたが、それは彼女を変態から脱却させるための『脱・変態計画』の一環であり、決して純粋な欲望から彼女の脱ぎたてパンツを欲したわけじゃない。

（というか、どうして俺の周りの女子はパンツを差し出そうとするんだろう……）

とりあえず事情を説明して彩乃にはパンツを穿き直してもらった。

「まあ、変態仮面にされなかっただけマシか……」

「変態仮面？」

「いや、なんでもない」

あんな悪夢が現実になってたまるかという話だ。

「話を戻そう。生徒会選挙のことだったな」

順当にいけば彩乃が会長職を引き継ぐ予定だったのに、突然選挙が開かれることになったという内容だった。

彩乃の話では、会長に立候補した生徒が現れたらしいが……

「結局、他の立候補者って誰なんだ？」

「それは――」

彼女が口にした名前は、慧輝もよく知る人物のものだった。

「え、本当にあの人が？」

「うん、確定情報」

思わず聞き返すと、間違いないと彩乃が頷《うなず》く。

「意外だな。そういうのに立候補するタイプには見えないけど」

「でも、本人は本気みたい。——わたしも、負けるつもりはないけど」

珍しく強い口調で、彼女が決意を言葉にする。

「あの人だけは、絶対に会長にするわけにはいかないから」

◇

合宿最終日の朝、学校に向かって走るバスの後部座席で、のどかな景色を楽しむことなく真緒《まお》が寝息を立てていた。

「バスが走り出したと同時に爆睡したな」

「普段はクールなのに、寝顔は愛嬌《あいきょう》があって可愛《かわい》いっすねー」

そう言って真緒の隣に座る恵《めぐみ》が眠り姫の頬《ほお》をぷにぷにする。

それでも起きないのだから彼女の眠りは相当深いのだろう。

「なんか、昨夜はよく眠れなかったみたいっすよ？」

「そうなんだ……」

それはやっぱり、露天風呂でのことが原因なのだろうか。

（全開ではなかったとはいえ、臨戦態勢のアレを握っちゃったんだもんな……）

人によってはトラウマになってもおかしくない事故だった。

ちなみに、後部座席は六班のメンバーが占領しており、向かって右から真緒、恵、慧輝《けいき》、翔馬《しょうま》の順番で座っている。

合宿ではしゃぎ疲れたのだろう。

寝ているクラスメートは存外多い。

六班では真緒の他にもうひとり、残念なロリコン男子が睡魔の誘惑に負けていた。

「秋山《あきやま》氏もぐっすりっすね」

「夜遅くまで彼女とラインしてたらしい」

「噂《うわさ》の合法ロリ先輩ですよね？　ラブラブで羨ましいっす」

翔馬の恋愛事情にニコニコしながら感想を述べる恵。

そんな同級生を、慧輝はついまじまじと見つめてしまう。

「………………」

ふわふわのロングヘアが可愛い小柄な女の子。

目は少しタレ目だろうか、目元が優しいので、おっとりとした印象を与えるなかなかの美少女である。

「桐生《きりゅう》氏？　じっとこっち見てどうしたんすか？」

無遠慮に観察していたらさすがに気づかれた。

「……はっ!? もしや、気さくで絡みやすいサバサバ系女子の鬼塚《おにづか》ちゃんに惚《ほ》れちゃったとか!? ごめんなさい、嬉《うれ》しいし光栄だけど私には既に心に決めた人が――」

「いや、違うから」

恵《めぐみ》が壮大な勘違いをし始めたので否定しておく。

「じゃあ、なんで見てたんすか?」

「それは……」

一瞬、言葉に詰まるも、別段隠すようなことじゃない。

寝ているふたりを起こすと可哀想《かわいそう》なので、声を潜めて尋ねる。

「鬼塚さん、生徒会長に立候補したって本当なのか?」

「え?」

一瞬、驚いた顔をした恵だったが、すぐに情報源に思い至ったらしい。

「それ、藤本《ふじもと》ちゃんに聞いたんすか?」

「ああ」

「ふーん? ……ま、いいですけどね。立候補したのはほんとっすよ。投票日まで時間がないので、帰ったらすぐにでも選挙の準備を始めるつもりです」

「そっか……」

昨夜、彩乃《あやの》が教えてくれた立候補者は鬼塚恵だった。

本人の話を聞く限り、恵は本当に生徒会長を目指すつもりらしい。

(けど、鬼塚さんを会長にするわけにはいかないってどういうことだ？)

彩乃は自己主張の強いタイプじゃない。

そんな彼女がそこまで言うからには何か理由があるはずだ。

「鬼塚さんは、どうして生徒会長に？」

「あんまり生徒会長を目指す感じに見えない？」

「まあ……」

「ですよね、自分でもそう思います。……でも私には、どうしてもやらなきゃいけないことがあるから」

「やらなきゃいけないこと？」

「私が生徒会長になったら、校則で男女の異性交遊を禁止にするんです」

「……え？」

恵が明かしたのは思いもよらない目的だった。

言葉を失ったクラスメートに、笑みを消した彼女が冷たい瞳を向けて言う。

「私は、私たちの学校を『恋愛禁止』にするつもりなんですよ」

第四章　君が副会長で執事が俺で

　林間学校も終わり、迎えた十二月最初の月曜日。

　すっかり快復した瑞葉《みずは》が作ってくれた朝食を食べた慧輝《けいき》は、普段よりもかなり早い時間に家を出た。

　学校に到着したあと、向かったのは生徒会室。

　臨時役員時代は毎日訪れていた部屋のドアをノックし、入室する。

「おはようございます」

　挨拶をしながら入った生徒会室では四人の生徒がテーブルを囲んでおり、亜麻色のツインテールが特徴の長瀬愛梨《ながせあいり》が「はて？」と首を捻《ひね》った。

「あれ、どちら様ですか？」

「忘れられてる!?」

「もちろん冗談です。おはようございます、桐生《きりゅう》先輩」

　最近はすっかり丸くなった愛梨が笑顔で挨拶を返してくれる。

　すると彼女は隣に座る彩乃《あやの》に顔を寄せた。

「彩乃先輩、首尾よく桐生先輩をゲットできたみたいですね」

「……うん、ゲットした」

照れくさそうに「ゲットした」と言う彩乃さんだったが、その顔と台詞《せりふ》だと別の意味に聞こえるので気をつけてほしい。

そんなことを思いながら突っ立っていると、議長席に座る志帆《しほ》が声をかけてくる。

「慧輝くんも座ったら？」

「あ、はい。そうですね」

頷《うなず》いて、彩乃の向かいの席に腰を下ろす。

ちなみに隣の席は書記を務める三谷凛《みたにりん》だ。

今は男子の制服を着ているので凛子《りんこ》ではなく凛太郎《りんたろう》である。

「おはようございます、けーくん先輩。また一緒にお仕事できて嬉《うれ》しいです。なんなら、このまま生徒会に戻ってきてくれていいんですよ？」

「それはナイスアイデアだね」

「彩乃さんも大賛成」

「残念だけど、勧誘なら間に合ってるんで」

凛太郎の発言に志帆と彩乃が賛同するも、丁重にお断りした。

文化祭のあと、慧輝は生徒会ではなく書道部を選んだ。

今さら生徒会には戻れないし、今回は友人として彩乃の手伝いにきただけだ。

「桐生君《きりゅう》」

「ん？」

「きてくれて、ありがとう」

「約束したからな」

そう答えると、彩乃《あやの》がふわりと笑う。

挨拶も済んだところで志帆《しほ》が口を開いた。

「時間も押してるし、そろそろ始めよっか。愛梨《あいり》ちゃん、お願いね」

「はい」

凛とした声で応え、席を立った愛梨がホワイトボードの前に立つ。

「ではこれより、生徒会選挙に向けた作戦会議を行いたい思います。進行役はこの私、長《なが》瀬《せ》愛梨が務めさせていただきます」

「……長瀬さん、進行役似合いすぎだな」

「できる社長秘書って感じですよね」

「まずは最初に情報を共有しましょう」

男子ふたりが小声で感想を述べるなか、愛梨は淡々と話を進める。

「選挙の告知、及び立候補者の発表は本日の放課後になります。選挙期間は今日から今週金曜までの五日間。投票及び開票日も金曜日ということになりますね」

説明しながら、愛梨が綺麗《きれい》な字でボードにスケジュールを書き込んでいく。

「そして肝心の立候補者ですが、我が生徒会より現副会長の彩乃先輩が出馬します」

名前の挙がった彩乃が起立して、

「出馬させて頂きます、藤本《ふじもと》彩乃です。当選を目指して一生懸命頑張りますので、どうぞよろしくお願い致します」

抱負を述べ、ぺこりと頭を下げてから着席した。

それを見届けてから愛梨が続ける。

「それから、彩乃先輩の対抗馬となる立候補者ですが――」

言いながら、ツインテールの後輩がボードにマグネットで候補者の写真を留《と》める。

「二年B組の鬼塚恵《おにづかめぐみ》さん。桐生先輩と同じクラスの女子生徒ですね」

視線を向けられたので頷《うなず》いておく。

実は林間学校の班も同じだったが開示するほどの情報ではないだろう。

「それで、その鬼塚先輩に関してですが、提出された書類によると、公約に『校内での恋愛禁止化』を掲げているみたいです」

それも既に恵本人から聞いていた。

「藤本さんは、鬼塚さんの目的を知ってたんだな」

「少し前に、鬼塚さんに宣戦布告されたから」

「宣戦布告か……」

林間学校で、彩乃《あやの》が恵《めぐみ》を意識していたように見えたのは気のせいじゃなかった。

恵が会長に立候補したことと、その目的を知っていたからこその反応だったのだ。

「現役の副会長で人気の高い彩乃先輩に選挙で勝負を挑むなんて、無謀としか思えませんけど」

「鬼塚《おにづか》さんにはなにか策があるのかもな」

愛梨《あいり》の意見はもっともだが、恵が本気なのは間違いない。

とはいえ、彼女とて知名度で劣る自分が不利なことはわかっているだろうから、何かしら選挙の対策をしてくる可能性はある。

「けど、どうして鬼塚さんは学校を恋愛禁止にしたいんだろう……」

恵は漫画研究部に所属するごく普通の一般生徒だ。

そんな彼女がいきなり生徒会長に立候補した。

そこには恵の公約に繋《つな》がる、なんらかの理由があるはずだ。

「藤本《ふじもと》さんは、鬼塚さんの公約には反対なんだよな？」

「わたしは、みんなが楽しい学校生活を送れるようにしたいから。勉強や部活も大切だけど、恋愛も大事な要素だと思う」

「そうだな。俺もそう思う」

可愛《かわい》い彼女を作って青春を謳歌《おうか》したい。

それは、慧輝《けいき》はもとより全ての男子生徒が胸に抱く夢だ。

女子生徒だって同じ。恋愛に憧れを抱いている者は少なくないだろう。

それを校則で無理やり規制するなんて許せることじゃない。

「個人的には『恋愛禁止化』も悪くないですけどね。いたいけな女の子達が野蛮な男子共の毒牙にかからなくて済みますから」

「まあ、長瀬《ながせ》さんはそうだろうな」

「でも、それはそれとして生徒会長は彩乃先輩が適任だと思ってます」

そんな愛梨の意見に凛太郎《りんたろう》も頷《うなず》く。

「ボクも、無理やり意見を通そうとする人はちょっと。恋愛禁止になったら、在学中に巨乳のお姉さんとお付き合いするという野望が叶《かな》わなくなっちゃいますし」

「凛太郎はもうちょっと欲望を隠そうな」

「本当に……これだから三谷《みたに》は……」

愛梨の目がゴミを見る仕様になった。

巨乳好きを包み隠さない凛太郎の勇気に乾杯である。

「三谷はあとでその辺に埋めるとして……ひとまず、現状確認はそんな感じで大丈夫ですかね？」

「うん、いいんじゃないかな」

長瀬《ながせ》会計の確認に鷹崎《たかさき》会長が頷《うなず》く。

「告知まで時間がないので早朝に集まってもらいましたが、選挙活動は基本的に昼休みと放課後に行います。桐生《きりゅう》先輩にも、あとでスケジュール表を渡しますね」

「わかった」

さすがは生徒の代表が集まる生徒会。会議の進行もスムーズである。

「それじゃあ、あとは選挙に臨むにあたって各役職を決めたいと思います」

「役職?」

「選対本部長とか、広報とかですね。桐生先輩は雑用係がいいと思います」

「雑用係……」

「ちなみに三谷《みたに》は馬車馬《ばしやうま》ね」

「あはは、もう人間ですらないですね」

愛梨《あいり》の毒舌に爽やかな笑顔を返す凛太郎《りんたろう》は大物だと思う。

「あの……」

ここで彩乃《あやの》がおずおずと挙手をする。

「桐生君には、彩乃さんの秘書をしてほしい」

「秘書?」

「四六時中彩乃さんの傍《そば》に控えて、いつでも充電させてほしい」

「なにか私情が入ってない!?」

秘書の業務に匂いを提供する内容はないはずだ。

「いいんじゃないですか？　実際に選挙で戦うのは彩乃先輩ですし、彩乃先輩のモチベーションがアップするなら異論はないです」

「けーくん先輩、責任重大ですね」

「慧輝《けいき》くん、ここは男を見せないとだよ？」

「みんな、絶対楽しんでるだろ……」

とはいえ、彩乃に頼られるとどうにも弱い。

「わかった。藤本《ふじもと》さんの秘書を引き受けるよ」

どっちにしろ、今日ここにきた時点で彼女の手伝いをすることは決めていた。

どんな仕事であれ、彩乃が生徒会長になれるようベストを尽くすだけだ。

その後、生徒会選挙における藤本陣営の役職が振り分けられた。

慧輝が彩乃の役員秘書。

愛梨が選挙対策本部長。

凛太郎が広報総務担当。

そして志帆《しほ》はといえば、なぜか『応援団長』というネタ枠に収まった。

「志帆《しほ》先輩は推薦入試の準備がありますからね。基本的に選挙活動は志帆先輩抜きでするると思ってください」

「ああ、推薦入試は早いもんな」

「ごめんね、あんまり手伝えなくて」

ちなみに、もうひとりの推薦人である元書記の先輩は、受験勉強で忙しいので名前だけ貸してくれる形らしい。

「そういえば、選挙ポスターはもうできてるのか？」

「問題ない。データはできてる。見る？」

「見る見る」

去年は生徒会選挙なんてなかったし、身内の選挙ポスターを見る機会はそうない。

自分で撮影して加工したとのことで、全員で備品であるデスクトップPCの前へ移動。

椅子に腰掛けた彩乃《あやの》の後ろで、四人が立ったままディスプレイを覗《のぞ》き込《こ》む。

「ちょっと恥ずかしいけど」

「どれどれ？」

彩乃が自作したというポスターのファイルを開く。

「「「「…………」」」」

それを見た瞬間、全員が無言になった。

ディスプレイに映っていたのは、まぎれもなく我らが生徒会副会長の藤本《ふじもと》彩乃その人で、前髪で片目を隠しながらも隠し切れない美貌が溢《あふ》れる美少女だった。

うん、間違いなく美少女。

美少女なのだが……

「この藤本さん、めちゃくちゃ無表情だな……」

ポスターに使った写真の彩乃は真顔だった。

「あやのん先輩、これはちょっと……」

「うーん、圧倒的に笑顔が足りないね……」

「しかもキャッチコピーが『いい笑顔《かお》つくろう藤本彩乃』って、彩乃先輩が笑えてないじゃないですか」

凛太郎《りんたろう》が顔を曇らせ、志帆が困った笑みを浮かべ、最後に愛梨《あいり》がとどめを刺した。

辛辣な評価に彩乃がシュンとする。

「彩乃さん渾身《こんしん》のキャッチコピーだったのに……」

「キャッチコピーはともかく、問題は写真のほうだな」

落ち込んでいる本人には悪いが、秘書としてこれにはGOは出せない。

となれば――

「これは撮り直しだな」

ポスターの写真は、あとで撮り直すことにした。

作戦会議を終えて、退室する役員達に交じって慧輝《けいき》が生徒会室を出ると、後ろから志帆《しほ》に呼び止められた。

「慧輝くん、ちょっとだけ時間いいかな？」

「あ、はい。大丈夫ですけど」

とはいえ、朝のHR《ホームルーム》までそれほど余裕はない。

それは志帆もわかっているので、その場で立ち話する形になる。

「今回はありがとうね、選挙に協力してくれて」

「いえ、俺も次の生徒会長は藤本《ふじもと》さんがいいと思ってるので」

成績優秀で努力家。

教師からの信頼も厚いし、愛梨《あいり》や凛《りん》からも慕われている。

何より、彩乃《あやの》がどれだけ生徒のことを想《おも》っているか、臨時役員として彼女の仕事を間近で見てきた慧輝はよく知っている。

応援したいと思えるのは、そんな彼女の魅力があってこそだ。

「慧輝くんはいい子だね。よし、お姉さんがご褒美をあげよう」

「え？　……わっ!?」

　突然、志帆が両手を伸ばしたと思ったら、頭を抱きかかえられ、彼女の胸に抱き寄せられてしまった。

「た、鷹崎《たかさき》先輩……？」

　顔に柔らかなものが当たり、鼓動が速くなる。

「彩乃ちゃんのこと、よろしくね？　私は今回、あんまり手伝ってあげられないから」

「あ……」

　優しい声で言われてはっとする。

　彼女は受験の準備で忙しく、選挙活動には参加できないと愛梨も言っていた。

　だからこそ愛梨は志帆に『応援団長』などという曖昧な役職を振り分けたのだと思う。

　本心では手伝いたいはずなのに、それが叶《かな》わないから慧輝を頼ったのだ。

「はい、藤本さんのことは任せてください」

「うん、頼りにしてる」

　後輩男子を解放すると、志帆が花のような笑顔を見せる。

「まあ、私が心配しなくても、彩乃ちゃんなら大丈夫だと思うけど」

「あはは、そうですね」

「あ、それとね……」

「？　なんですか？」

「林間学校で、彩乃《あやの》ちゃんや書道部の子達となにか進展あったりした？　ここ数日、合宿中に慧輝《けいき》くんを寝取られる妄想が止まらなかったんだけど」

「鷹崎《たかさき》先輩を喜ばせるようなことはなかったです」

「えー？」

「そんな不満そうにしてもないものはないです」

この生徒会長、NTR《ネトラレ》願望のある変態なのである。

ちなみに寝取るのも寝取られるのも、どちらもイケるクチらしい。

「じゃあ、この選挙で彩乃ちゃんと仲良くなったら教えてね？　彩乃ちゃんの秘書くんを寝取るのも背徳感があってイイ感じだし」

「俺はいったいなんの告白を受けてるんだろう……」

先輩女子の性癖をぶっちゃけられても返答に困る。

この変態生徒会長には、早めに政権を明け渡してもらったほうがいいのかもしれない。

桐生《きりゅう》慧輝は現在、ふたつの問題を抱えている。

ひとつは鬼塚恵《おにづかめぐみ》の立候補を発端とする生徒会選挙にまつわる問題。

もうひとつは合宿中に露天風呂で起きた『例の事件』が未《いま》だに尾を引いていることだ。

具体的にいうと、慧輝《けいき》は真緒《まお》に全力で避けられていた。

近づくと脱兎《だつと》のごとく逃げるし、アイコンタクトを試みても「ぷいっ」と顔を背けてしまい目も合わせてくれない。

原因は間違いなく『おちん○ん大好き発言』だろう。

（BL好きなのは知ってたけど、そんなに男のアレが好きだったとは……）

しかも、真緒的に慧輝の男性器はかなりいい感じらしい。

ある意味男性器のプロフェッショナルである女友達にお墨付きをもらったわけだが、喜べばいいのか嘆けばいいのか判断に迷うところだ。

そんなふたりのやり取りを心配したのだろう。

二時限目が終わったタイミングで、翔馬《しようま》が話しかけてきた。

「仲直りしたと思ったら、また妙な感じになってるね」

「まあ、今回はケンカしたわけじゃないから」

「僕でよかったら相談に乗るけど？」

「ありがたいけど、南条《なんじよう》の名誉のためにそっとしておいてくれ」

「本当になにがあったんだろう……」

気にはなったようだが、意図を汲《く》んで引き下がるところが翔馬の美点である。

「南条のことはあとで考えるとして、今はそれより選挙が優先だ」

「藤本《ふじもと》さんと鬼塚《おにづか》さんが出るんだっけ？」

「ああ、告知されるのは放課後だけどな」

答えながら、ちらりと壁際の席の恵《めぐみ》に視線をやる。

クラスの女子と楽しそうにお喋《しゃべ》りする彼女は、とても恋愛禁止などという圧政を敷こうとする人物には思えない。

けれど、意見が噛《か》み合《あ》わない以上は戦うしかない。

「そんなわけで、今日の昼休みは小春《こはる》先輩を借りるから」

「小春ちゃんを？」

朝の会議のあとにメッセージを送り、既にアポイントは取り付けてある。

選挙で勝つために、彼女の力が必要だった。


その日の昼休み、瑞葉《みずは》の愛妻弁当を味わったあと、同じく昼食を終えた彩乃《あやの》と合流して向かったのは部室棟の三階にある天文部の部室だった。

出迎えてくれたのは天文部の代表を務める鳳《おおとり》小春。

制服の上からパーカーを羽織った小さな上級生である。

「なるほど、それでわたくしを指名してくださったのですね」

「カメラの腕前なら小春《こはる》先輩の右に出る者はいませんからね」

急な依頼にもかかわらず、小春は快く引き受けてくれた。

実際の選挙においてもポスターは重要だという。

そこで、校内屈指の腕を持つ元ストーカー少女の小春に協力を仰いだわけだ。

素人の慧輝《けいき》が撮るより本職に任せたほうがいいとの判断である。

「時間もないですし、さっそく撮影を始めましょうか」

「「お願いします」」

声を揃《そろ》え、ぺこりと頭を下げるふたりの後輩。

それに優しく微笑《ほほえ》んで、小春が仕事に取りかかる。

「藤本《ふじもと》さんは、そちらに立ってくださいね」

「わかりました」

小春が指定した場所は校内とは思えないほど本格的な撮影スペースだった。

もうこの部屋で雑誌のグラビア撮影だってできそうな感じだ。

とても部費だけで賄えるような機材ではないが、そこは大手建設会社の社長令嬢、細かいことを気にしたら負けである。

「もともとは翔馬《しょうま》くんを撮影するために作った設備ですが、活用できてよかったです」

「小春先輩って見た目に反してアクティブですよね」

ともあれ設備は最高だ。

小春が所有するカメラはそのどれもが高性能なものだし、彼女自身の技術もプロ級。

あとは彩乃《あやの》が笑顔さえ作れれば最高のポスター写真を撮れるはずだ。

「ふふふ、被写体が可愛《かわい》いと気分も上がりますね」

「小春先輩、ちょっとオジサンくさいです」

「それじゃあ、目線くださーい！」

こうして小春の指示のもと、ポスター写真の撮影が始まった。

白いパネルの前に立った彩乃を、三脚に固定したゴツいカメラで何度も撮っていく。

「うーん……」

ほどなくして、小春がカメラから体を離す。

彼女の顔が晴れないわけは、撮影を見守っていた慧輝にもわかった。

「藤本さん、少し表情が硬いですね……」

撮影が滞る原因は、そのひと言に集約されていた。

「ダメ……だった？」

「ダメではないですけど……」

「こう真顔だと、少し冷たい印象を受けるかもな」

「う……」

カメラマンと秘書に指摘され、彩乃《あやの》がシュンとする。

「カメラを向けられると、なんだか緊張しちゃって……」

「まあ、気持ちはわかる」

彩乃は基本的に表情が乏しい。

もちろん話していると普通に笑うこともあるし、不意に見せるイタズラっぽい表情はめっぽう可愛《かわい》い。なんなら真顔の状態でも普通に可愛い。

ただ、今回必要なのは選挙ポスターに使う写真だ。

笑顔と無表情、どちらがいいかは言うまでもない。

すっかり落ち込んでしまった彩乃に、小春《こはる》が優しく話しかける。

「藤本《ふじもと》さん」

「はい？」

「藤本さんは、お菓子作りが好きなんですよね？」

「好きだけど……」

「じゃあ、藤本さんの得意なお菓子はなんですか？」

「えっと……アップルパイ？」

「アップルパイですか。いいですね。それじゃあ、藤本さんが丹精込めて作ったアップルパイを、誰か好きな人にプレゼントしたとします」

「す、好きな人？」

「誰でもいいですよ？　家族でも、友達でも、片想《かたおも》いしてる男の子でも」

「う、うん……」

「藤本さんのアップルパイを食べたその人が笑顔になって、おいしいって言ってくれたら、きっと嬉《うれ》しいですよね？」

「…………うん」

その光景を想像したのか、彩乃の表情に変化が生まれる。

体全体から強張《こわば》りが消えて、穏やかな雰囲気に変わったのを確かに感じた。

満を持して〝パシャリ〟とシャッター音が響く。

「はい、今の表情いただきました」

「えっ、いつの間に……っ!?」

写真を撮られた彩乃が驚きの声をもらす。

対して、ベストショットを収めたカメラマンはご満悦だ。

「ふふふ、大成功ですね」

「小春先輩はさすがだな」

こういう時、彼女が年上の上級生なのだと実感する。

「ところで藤本《ふじもと》さんは、いったい誰を思い浮かべたのですか？」

「!?　は、恥ずかしいから秘密！」

恥ずかしがる彩乃《あやの》は本当に可愛《かわい》くて、珍しく大きな声を上げる同級生の姿をしっかりと脳裏に焼き付けた。


「それでは、知り合いの印刷会社さんに特急でポスターを印刷してもらいますね。放課後には生徒会室のほうに到着するようにしておきますので」

「なにからなにまでありがとうございます」

そうして、撮影会を終えた慧輝《けいき》達は天文部をあとにした。

印刷自体は部室にある機材でもできるらしいが、せっかくなのでプロに依頼してくれるということで厚意に甘えることにした。

手際の良すぎる上級生に頭が上がらない。

「今度、なにかお礼をしないとな」

「それなら、おいしいアップルパイを作ってくる」

「それはいいな。藤本さんのアップルパイは絶品だから」

「そ、そう……？」

「ああ。前に作ってくれたの、本当にうまかった」

「……じゃあ、桐生君《きりゆう》のぶんも作ってくる」

隣を歩きながら、嬉《うれ》しそうに頬《ほお》を緩めて彩乃《あやの》が言う。

彼女が作るお菓子なら小春《こはる》も喜んでくれるはずだ。

「先輩のおかげでポスターも間に合いそうだし、あとは放課後の発表に備えるだけだな」

「うん」

今のところ順調に選挙の準備が進んでいる。

校内の掲示板にポスターを貼ったり、演説の内容を考えたり、やらなきゃいけないことはたくさんあるが、この調子ならなんとかなりそうだ。

そうしてふたりが部室棟の一階に下りた時、偶然にも恵《めぐみ》と鉢合わせになった。

「おろ？　桐生氏に藤本《ふじもと》ちゃん？」

「鬼塚《おにづか》さん？　どうして部室棟に？」

「漫研の部室で打ち合わせしてたんですよ。選挙戦は部員のみんなに手伝ってもらうことになってるんで」

「そうだったんだ」

高校の規模とはいえ、ひとりで選挙を戦い抜くのは難しい。

そのために推薦人の制度があるのだし、彩乃に生徒会の仲間がいるように、恵の場合は漫画研究部の部員達がサポートに回るのだろう。

「桐生氏こそ、どうして藤本ちゃんと？」

「今回の選挙で、藤本さんの秘書をすることになったんだ」

「そういうことっすか。桐生氏、臨時役員もやってましたもんね」

慧輝《けいき》が一時期、生徒会に所属していたことは周知の事実だ。

元臨時役員が副会長を手伝ってもなんら不思議はない。

と、それまで黙っていた彩乃が慧輝の前に進み出る。

「鬼塚さん」

「な、なんすか……？」

「わたしも宣戦布告しておく。——絶対に、あなたには負けないから」

「……ふん、やってみないとわからないっすけどね」

静かに、けれども確かにふたりの間に火花が散った。

方向性は違えど、どちらも生徒会長になって成し遂げたいことがある。

その理想のためにこれから競い合うのだ。

「ま、お互い正々堂々と戦いましょう」

そう宣言して恵が教室棟に向かっていく。

そんな彼女の後ろ姿を、彩乃が寂しそうな瞳で見つめていた。

「……鬼塚《おにづか》さん、なんだか苦しそうだった」

「苦しそう？」

「本当は、鬼塚さんも迷ってるんだと思う。もしもなにか事情があって、今の学校に不満を持ってるなら、わたしにできる範囲でなんとかしてあげたい」

「藤本《ふじもと》さん……」

宣戦布告した直後に敵の心配とはさすがに少し驚いた。

そんな彩乃《あやの》を、指導者としては甘すぎると言う人もいるかもしれない。

だけど、彩乃がこういう女の子だからこそ協力しようと思えたし、生徒会長に相応《ふさわ》しいと思ったのだ。

優しい会長候補の頭をポンポンと撫《な》でる。

「なら、まずは選挙で勝たないとな」

「うん、がんばる」

開戦の準備は整った。

恵《めぐみ》の宣言通り、正々堂々と戦うのみである。


そして放課後、ついに生徒会選挙の開催が公表された。

生徒玄関や校内の至るところに選挙の告知が貼り出され、放送部による校内放送も流れたことで、選挙の話題は瞬く間に校内全土に行き渡った。

娯楽に飢えた生徒達が騒ぎ立て、既に至るところで選挙の話が持ち上がっている。

そんななか、慧輝《けいき》達『藤本陣営』はさっそく動き出していた。

今週金曜が投票日となれば時間はないが、もともと生徒会メンバーは優秀だ。

日々人手不足に悩まされながらも膨大な量の仕事をこなし、数々の行事を成功させてきた精鋭揃《ぞろ》い。

普段の業務で慣れているのもあり、選挙の準備もスムーズだった。

特に選対本部長の愛梨《あいり》の存在感が大きい。

先輩に対しても物怖《ものお》じせずに意見を言うし、指示も的確な陣営のまとめ役だ。

そんな愛梨に「桐生《きりゅう》先輩はポスターを貼ってきてください」と言われたのが十分前。

印刷所から届いた大量の『彩乃ポスター』を渡され生徒会室を追い出された慧輝は現在、助《すけ》っ人《と》の翔馬《しょうま》と共に校舎二階の廊下で作業の真っ最中だった。

「悪いな翔馬、手伝ってもらって」

「これくらいかまわないよ」

慧輝が渡した画びょうでポスターを留《と》めながら翔馬が言う。

校内の掲示板に彩乃のポスターを貼っていく簡単なお仕事だが、かなりの枚数があるので翔馬《しょうま》に応援を頼んだのだ。

「僕としても、藤本《ふじもと》さんに当選してもらわないと困るからね」

「小春《こはる》先輩と堂々とイチャイチャできなくなるからな」

「そういうこと。まあ、心配しなくても大丈夫だと思うけどね。鬼塚《おにづか》さんには悪いけど、藤本さんは知名度もあるし評判もいいから」

「ああ、俺も藤本さんが負けるとは思ってない」

彩乃《あやの》に対する一般生徒からの信頼は厚い。

それは彼女がこれまで地道に積み上げてきたものだ。

言い方は悪いが、ぽっと出の立候補者である恵《めぐみ》に勝ち目があるとは思えない。

しかも、恵は臆面もなく『校内の恋愛禁止化』を公約に掲げている。

花の高校生が異性交遊を禁止にされて面白いわけがない。

口には出さないが「勝負にならないだろう」というのが正直な見解だった。

「……それにしても、小春先輩の仕事は本当に素晴らしいな」

掲示板に貼ったポスターをまじまじと見る。

キャッチコピーは『いい笑顔《かお》つくろう藤本彩乃』のままだが、肝心の写真が何倍も良くなっていた。

もうこの笑顔だけで票が取れそうなくらい可愛《かわい》い。

「お、外で藤本さんたちがビラをまいてるよ」

「本当だ」

窓辺に立った翔馬の横に並ぶと、下校する生徒達にビラを渡す彩乃の姿が確認できた。

愛梨《あいり》や女装した凛子《りんこ》もそれを手伝っている。

「なるほど、俺がポスター係に回された理由がわかった気がする」

「どうせなら、可愛い女の子にもらいたいもんね」

「ひとりは女子じゃないけどな」

それを差し引いてもビラ配りをする彼女達は華やかだ。

凛子の場合、男装のほうが女子のファンもつきそうなのであとで提案しておこう。

「外は寒いのに、頑張ってるね」

「そうだな……」

彩乃は生徒の笑顔のために戦おうとしている。

その想《おも》いに少しでも報いたいと思った。

「俺たちも頑張ろう」

「そうだね」

彩乃の姿に元気をもらい、自分の仕事を再開する。

翔馬と共に黙々とポスターの設置を進めていると、特別教室棟の掲示板前で、同じようにポスターの設置作業をしている団体を見かけた。

「漫研の人達もポスターを貼ってるね」

「そうみたいだな」

選対本部長からの情報によると、漫画研究部の部員は恵《めぐみ》を含めて四人。

恵自身が話していた通り、彼女以外は男子のみの編成らしい。

「メグちゃん、こちらは貼り終えたよ！」

「メグ氏メグ氏、こっちも完了だお」

「メグ先輩……ぼ、ぼくも終わりました……」

長身&天然パーマで、長い前髪のせいで両目が確認できないのが猪岡《いのおか》。

ぽっちゃり体型でメガネをかけているのが鹿川《しかがわ》。

小柄で大人しそうな少年が蝶野《ちょうの》というらしい。

ちなみに猪岡が三年生。

鹿川が二年生で、蝶野は一年生とのこと。

「ありがとうございます。それじゃあ、次のポイントにいきましょう！」

「「「ラジャーっ!!」」」

でこぼこ三人組を笑顔で労《ねぎら》い、彼らを引き連れて恵が去っていく。

その姿は、さながら取り巻きに囲まれたお姫様だ。

「鬼塚《おにづか》さんの陣営もなかなか統率が取れてるみたいだね」

「ああ、ポスターを貼る動きもやけに洗練されてたな」

猪岡達は楽しそうに選挙ポスターを設置していた。

どうやら恵は部員から慕われているらしい。

「それより慧輝《けいき》、さっきから気になってることがあるんだけど」

「なんだ？」

「あそこで恨めしそうにこっちを見てるのって、朱鷺原《ときはら》先輩じゃないかな？」

「え……？」

翔馬《しょうま》が示した先には、廊下の角に半身を隠し、じーっとこちらを見つめる黒髪美女の姿があった。

こちらと目が合うと、さっと顔を引っ込めて、それから再び顔を覗《のぞ》かせるという謎の行動を取っている。

「……なにしてるんだ、あの人？」

「慧輝に用があるんじゃないかな？　ポスターもあらかた貼り終えたし、僕はそろそろいくから声をかけてあげなよ」

「ああ、手伝ってくれてサンキューな」

感謝を告げると、爽やかな笑みをこぼして翔馬が踵《きびす》を返す。

「……さて」

せっかく友人が気を遣ってくれたのだ。

例の廊下の角に近づいた慧輝《けいき》は、そこに身を隠している人物に声をかけた。

「なにしてるんですか、紗雪《さゆき》先輩？」

「あら慧輝君、こんなところで奇遇ね」

「コソコソ覗《のぞ》き見《み》されて奇遇もなにもないですけどね」

「数日ぶりに会ったというのに冷たいのね」

そう言って、廊下の角から出てきた紗雪が口を尖《とが》らせる。

林間学校があったので数日ぶりに見たが、相変わらずの巨乳っぷりである。

「それで、本当になにしてたんですか？」

「慧輝君がいっこうに部室にこないから校内を探し回っていたのよ。そしたら慧輝君、藤《ふじ》本《もと》さんの選挙ポスターを貼ってるじゃない？　林間学校も終わったし、久しぶりに会えると思ってウキウキしてたのに生徒会の手伝いをしてるんだもの。ご主人様の帰りを待っていた忠犬としては複雑な気持ちにもなるわ」

「ああ、それで恨めしそうに見てたんですね」

どうでもいいが、よくそんな長文を噛《か》まずに言えるものだと感心する。

「慧輝君も、せめて連絡くらい寄越《よこ》したらどうなの？」

「すみません、普通に連絡するの忘れてました」

「扱いが雑!?　……あ、でも、それはそれで放置プレイっぽくて好きだけども」

「そんなんでいちいち興奮しないでください」

出会って数分でドMっぷりを発揮する紗雪さんである。

「それで、どうして慧輝君が選挙の手伝いをしているの?」

「藤本さんに協力を頼まれたんですよ。選挙が終わるまで藤本さんの秘書をすることになってます」

「秘書ですって?」

事情を説明すると『秘書』の単語に紗雪が反応を示した。

「秘書って、企業の社長とか政治家とかと一緒にいるあの秘書?」

「まあ、そうですね」

「四六時中、雇い主の傍《そば》にいて仕事のサポートをしたりコーヒーを淹《い》れたり、夜のお相手をしたりするあの秘書?」

「最後のはないですけど、だいたい合ってます」

概《おおむ》ね間違ってないので認める。

すると、紗雪がぷくぅと頬《ほお》を膨らませた。

「ずるいわ!　慧輝君が秘書になってくれるなら私も会長に立候補する!」

「無理に決まってるじゃないですか。三年生は選挙に出れませんよ」

「なんてこと……」

立候補できないことを本気で悔しがる女子高生がここにいた。

「……というか、慧輝《けいき》君は生徒会とは縁を切ったと思っていたのだけど？」

「でも、困ってる藤本《ふじもと》さんを放っておけないし」

「むぅ……」

「それで、しばらく部室に顔を出せなくなりそうなんですけど」

「……わかったわ。好きにしなさい」

「あれ、意外とあっさり了承するんですね？」

正直、もっと抵抗されるかと思ったが。

「慧輝君を取られるのは業腹だけど、もうひとりの公約を見ちゃうとね……」

既に立候補者の氏名と公約は公表されている。

紗雪《さゆき》もそれを見たらしい。

「恋愛禁止ということは、不純異性交遊も禁止されるわけでしょう？　そうなったら学校で慧輝君とあんなことやこんなことができなくなるじゃない」

「紗雪先輩は校内でなにをするつもりなんですか？」

「そんなの、恥ずかしくて私の口からは言えないわ」

「先輩が言えないって相当ですよね……」

「なんなら、これから部室で実践する？」

「遠慮しておきます」

頷《うなず》いたら最後、大切な何かを奪われる予感しかしない。

そして不純異性交遊はどっちみち禁止である。

「でも、選挙に臨むなら油断しないほうがいいと思うわ。あの鬼塚《おにづか》とかいう二年生の子、さっき見てたけど、アレはなかなか手強《てごわ》そうな相手だから」

「どういうことですか？」

「男をはべらせて自分の目的のために働かせるなんて、なかなかのタマだわ。あの傲慢さは藤本さんも見習うべきよ」

「藤本さんはそういうタイプじゃないから」

「でも、生徒会長になるということはリーダーになるってことでしょう？　部下をまとめないといけないのだし、少しワガママなくらいじゃないと務まらないんじゃないかしら」

「それは確かに……」

現生徒会長の鷹崎志帆《たかさきしほ》も、たまに強引なところがあったりする。

そういう意味では、恵《めぐみ》にもリーダーの素質があるのだろう。

「慧輝君も、たくさんの女をはべらせてふんぞり返るくらいの気概がないとハーレム王の名が泣くわよ？」

「そんな王は泣かせておけばいい」

「それはつまり、慧輝《けいき》君のペットは私ひとりで充分ってこと？　嬉《うれ》しいわ」

「どんだけポジティブなんだこの人……」

このめげない精神は是非とも見習いたいところだ。

「まあ、そういうわけだから、せいぜい藤本《ふじもと》さんをサポートしてあげるのね」

「はい、ありがとうございます」

「あと、たまにはかまってくれないと、他のご主人様を探しちゃうんだからね？」

「それはいっこうにかまわないけども」

「かまって!?　そこはかまってくれないとダメなところよ!?　私渾身《こんしん》の胸キュンセリフだったのに!!」

今のが紗雪《さゆき》渾身の胸キュンセリフだったらしい。

「バカ！　慧輝君のおバカ！　他のご主人様なんて絶対に探してあげないんだから！」

バカの重ねがけを披露して、ちょっと涙目になりながら叫ぶ紗雪嬢。

プリプリと肩を怒らせながら彼女は廊下を駆けていった。

「今日の紗雪先輩、なんだかあらぶってたな……」

最近かまってあげられてないから、いろいろ溜《た》まっているのかもしれない。

それでも選挙の邪魔をしないのは、彼女なりに今後の学校生活を考えてのことだろう。

別に紗雪とＳＭプレイをしたいわけではないが、男女交際が全面禁止になるのはやはり窮屈に感じてしまう。

恋愛禁止などという首輪を着けられるのはまっぴらごめんだ。

◇

選挙二日目。火曜日の昼休み。

図書委員の当番に当たっていた慧輝は図書室のカウンターで店番中だった。

ちなみに司書の先生に許可をもらい、後ろの掲示板にも彩乃《あやの》のポスターを貼らせてもらっている。

そして慧輝の隣では、相棒の古賀唯花《こがゆいか》が暇そうに足をプラプラさせていた。

「そういえば慧輝先輩？」

「ん？」

「藤本先輩の秘書になったって本当ですか？」

「ああ、選挙を手伝ってほしいって頼まれたからな」

「……ふぅん？」

「あれ、なんか不満げ？」

「別にー？」

そう言いながらも、彼女は不機嫌そうに口を尖《とが》らせる。

「唯花《ゆいか》の奴隷にはなってくれないのに、藤本《ふじもと》先輩の秘書にはなるんだなって思いまして」

「秘書っていっても選挙が終わるまでだから」

「慧輝《けいき》先輩のえっち……」

「なんで!?」

「だって、さっきから唯花の太ももばっかり見てます」

「バレてた！」

チラチラ脚を見てたのを見透かされていたらしい。

唯花が足をプラプラさせるものだから、スカートとソックスの間の絶対領域が強調されて気になっていたのだ。

そこにエロスがあればつい目で追ってしまう。

男とはそういう生き物なのである。

チラ見がバレて慌てる上級生を、金髪少女が生き生きとした笑顔で見つめる。

「そんなに気になるなら、いつでもフミフミしてあげますよ？」

「別に踏まれたくて見てたわけじゃないから」

「もー、素直じゃないんですから」

「心からの素直なコメントだったんだけど……」

お仕置きを欲しがってる変態さんみたいに言わないでほしい。

こちとら純粋に女子の太ももを楽しんでいただけだ。

「まあ、慧輝先輩が太ももフェチだった件はともかく」

「むしろ嫌いな男子がいたら連れてきてほしいけど」

「去年は選挙とかなかったんですよね？　なんで今年は選挙するんですか？」

「ああ、基本的に会長職は前任者が任命してて、順当にいけば藤本さんが引き継ぐ予定だったんだけど、今回は鬼塚《おにづか》さんが立候補したからな」

「そういうことですか」

納得したように唯花が頷《うなず》く。

彼女も選挙に興味があるのかもしれない。

「唯花のクラスでも、みんな選挙の話で持ち切りですよ。今のところ実績のある藤本先輩が優勢ですけど、鬼塚先輩も美人なので一部の男の子達が騒いでましたね」

「あんまり言いたくないけど、選挙って候補者の見た目も影響ありそうだしな」

実際の選挙でもそういうことがあるらしい。

今回の場合だとどちらも美少女なのであまり関係はないだろうが。

「ちなみに、唯花《ゆいか》ちゃんはどっちに入れるつもりなんだ？」

「慧輝《けいき》先輩が奴隷になってくれるなら藤本《ふじもと》先輩に入れます」

「貴重な一票だけど、さすがに人生はかけられないかな」

「レートがご不満なら、唯花の一票にプラスして、こういうのはどうですか？」

ちらりとスカートの裾を上げる唯花。

太ももが露《あら》わになり、もう少しでパンツが見えそうになる。

「ちょっ、なにしてんの!?」

「慧輝先輩だけの特別サービスです。パンツを見たそうな顔をしてたので」

「どんな顔!?　パンツのことなんか微塵《みじん》も考えてなかったわ」

「でも、今日はとびきり可愛《かわい》いのを穿《は》いてるんですよ？」

「いいからスカートを戻しなさい」

「ちぇー」

つまらなそうに唯花がスカートを戻す。

それから話も戻した。

「まあ、唯花としても副会長の人となりは知ってますし、恋愛禁止とか無駄に締め付けられるのも嫌なので藤本先輩に投票するつもりです」

「そっか」

唯花《ゆいか》の意見も、概《おおむ》ね紗雪《さゆき》と同じものだった。

「でも、なかには鬼塚《おにづか》先輩を推してる人もいるみたいですよ」

「まあ、みんながみんな同じ意見を持ってるわけじゃないからな」

「そうですね。男の子も巨乳派と貧乳派で意見がわかれますもんね」

「なんでそれをたとえに使った？」

「もうほんと、全ての巨乳は滅べばいいと思います♪」

「素敵な笑顔でめちゃくちゃ物騒なこと言ってるな……」

後輩が闇に堕《お》ちかけたので話を変える。

「そうだ、唯花ちゃんに頼みがあったんだ」

「なんですか？」

「放課後の当番なんだけど、選挙の手伝いがあるから俺抜きでお願いしたくて」

「なるほど。慧輝《けいき》先輩は唯花に仕事を押し付けて、自分は別の女とランデブーする気なんですね」

「人聞きが悪すぎる」

「でも、それって唯花にはなんのメリットもないですし？　それなりの誠意を見せてくれるなら考えますけど」

「なにをご所望で？」

「むしろ、どこまでOKですか？　蝋燭《ろうそく》プレイはオプションに含まれますか？」

「含まれません。常識の範囲内でお願いします」

「じゃあ今度、唯花にパフェを奢《おご》ってください」

「まあ、それくらいなら……」

契約成立。

パフェ一杯で協力を得られるなら安いものである。

「――おや、桐生《きりゅう》君じゃないか」

「え？」

突然声をかけられて慧輝が顔を上げると、カウンターの前に少し目つきの悪い男子生徒が立っていた。

身長は慧輝より少し高いくらい。

サラサラの前髪を真ん中分けにしていて、なかなか整った顔立ちをしている。

コンパクトな筒状の筆箱と数学の教科書を持っていることから、図書室に勉強しにきたのだと推測できた。

「図書委員の当番かい？　お疲れさま」

「……あ、はい。どうも……」

フレンドリーな態度に困惑しつつ、そう返事をする。

鋭い目つきとは裏腹に、意外と柔らかな物腰の彼は視線を唯花《ゆいか》に移した。

「よく一緒にいるのを見かけるけど、そっちの子はもしかして桐生《きりゅう》君の彼女さんかな？」

「唯花ちゃんが彼女とか恐れ多いんですけど……」

「あはは、恥ずかしがらなくてもいいじゃないか。……さて、お邪魔してもいけないし、僕は奥の席で勉強させてもらうとするよ」

「あ、はい。どうぞごゆっくり……」

思い込みが激しいタイプなのか、彼は一方的に勘違いを炸裂《さくれつ》させると、窓際にあるテーブル席のほうへ歩いていった。

「今の人、慧輝《けいき》先輩のお知り合いですか？」

「そうみたいだけど……誰だっけ？」

咄嗟《とっさ》に受け答えしてしまったが、彼が誰なのかわからなかった。

口ぶりからして知り合いなのは間違いなさそうだし、印象的な目つきをしていたから一度顔を合わせたら忘れそうにないのだが、どうにも思い出せない。

「……それより、慧輝先輩？」

「ん？」

「唯花たちって、恋人どうしに見えるんですかね？」

「ど、どうなんだろうな……」

唯花と慧輝では月とすっぽんな気がするが……

「本当は恋人じゃなくて、主人と奴隷の関係なんですけどね？」

「それも違うから」

いつものツッコミに、唯花がおかしそうに笑う。

本当に、こんなに可愛《かわい》い女の子がドSの女王様志望だなんて、今さらながら世界は謎で満ちていると思った。


放課後、慧輝は生徒会室で書類仕事をしていた。

合間にコーヒーを飲みつつ、選挙費用の計算や伝票整理をしていると、外回りにいっていた愛梨《あいり》と彩乃《あやの》が帰ってくる。

「ただいま戻りました」

「疲れた……」

愛梨はいつも通りだが、彩乃のほうは明らかにくたびれていて、思わず「お、おお……」と、珍獣を見たような反応をしてしまう。

「どうしたんだ藤本《ふじもと》さん？　やけにやつれてるけど……」

「さっきまで、外で握手会してて……」

「握手会？」

その疑問に、すかさず愛梨《あいり》が答える。

「ビラはあらかた配りつくしたので、新たな切り口で攻めてみようと思いまして」

「あー、なるほど……」

彩乃《あやの》は面と向かって人と話すのが得意ではないらしい。

相手の目を見て話すのが苦手だから前髪で片目を隠しているのだ。

握手会は相当な負担だっただろう。

「藤本《ふじもと》さん、そういうの苦手だもんな」

「うん、すごく消耗した……」

言葉の通り声にも覇気がない。

まるで満員電車でもみくちゃにされた定年間近のサラリーマンみたいだ。

さすがに可哀想《かわいそう》なので本部長に進言してみる。

「あんまり藤本さんに無理させなくてもいいんじゃないか？」

「私だって彩乃先輩に男子と握手なんてさせたくないです。でも、これも選挙に勝つためですから」

「長瀬《ながせ》さんは鬼軍曹だな」

「誰が鬼軍曹ですか」

ツインテールを揺らし、愛梨がぷいっとそっぽを向く。

と思ったら、自身の成果を誇るように「ふふん」と笑みを浮かべた。

「でも、握手会の感触はかなりよかったんですよ？」

「まあ、藤本さんは可愛《かわい》いからな。手なんか握られたら男子はイチコロだろ」

「イチコロ……」

何を思ったのか、彩乃がとことこと無言で傍《そば》にやってくる。

すると、突然その両手で慧輝《けいき》の手を握った。

「えーっと……藤本さん？　なにしてるの？」

「これで桐生《きりゅう》君もイチコロ？」

「あ、うん……そうかもな」

よくわからないが、上目遣いで尋ねてくる姿が可愛かったので太鼓判を押しておく。

こんな子がいるなら握手会も悪くないかもしれない。

「桐生君？」

「ん？」

「桐生君に、秘書としてのお仕事をお願いしたいです」

「お、なんだろう？」

「彩乃さんに、充電させて？」

「え……？」

答える前に、もう彩乃《あやの》は行動に移していた。

椅子に座る慧輝《けいき》に抱きついたかと思うと、その胸に顔を埋《うず》めて思いきりクンクンし始めたのである。

「ハァハァ……久しぶりの桐生《きりゅう》君の匂い……生き返るぅ……」

「そういえば、最近嗅がれてなかったな……」

「こんなかぐわしい匂いを放てるなんて、桐生君は実際おかしいと思う」

「おかしいのはこの状況と藤本《ふじもと》さんの性癖だから」

そんな会話をしながら大人しく匂いを提供していると、ツインテールの後輩がジトリとした目でこちらを見ていた。

「……桐生先輩のスケベ」

「俺からはなにもしてないだろ」

「というか、彩乃先輩にハグされてるんだからもっと喜んだらどうですか？」

「体臭を吸引されながらどう喜べと？　……あー、藤本さん？　長瀬《ながせ》さんがこわいのでそろそろ離れてくれる？」

「残念だけど、しょうがない」

説得により、変態娘を引き剥《は》がすことに成功。

充電して満足したのか彩乃の肌がツヤツヤしていた。

「ひとまず選挙は順調ですね。握手会も盛況でしたし、あんなにたくさんの生徒に慕われてるなんて、やっぱり彩乃先輩はすごいです」

「鬼塚《おにづか》陣営にも目立った動きはないみたいだし、このままいけば当選は確実だな」

もともと実績と知名度のある彩乃が有利なのは誰が見ても明らかだった。

選挙はいわば人気投票で、より多くの人に名前を覚えてもらえた候補者が勝利を掴《つか》む。

藤本副会長の人柄は広く知られているし、優しくて誠実な性格の彼女だからこそ多くの生徒に慕われている。

だからこそ誰もが彩乃の勝利を信じて疑わなかったし、心のどこかで鬼塚陣営に戦局を覆せるはずがないと思っていた。

順風満帆の藤本陣営に影が差したのはその直後だった。

「——た、大変です！」

勢いよくドアを開け、女装した凛子《りんこ》が生徒会室に飛び込んできたのだ。

「はしたないぞ凛子。そんな格好《かっこう》で走ったら自慢のトランクスが見えるだろ」

「ボクのパンチラはどうでもいいんですよ！」

「いや、本当にどうでもいいけどさ……」

「それより、これを見てください！」

よほど余裕がないのだろう。

ツッコミを無視した凛子《りんこ》がテーブルにプリントを叩《たた》きつける。

「これって……生徒会選挙の支持率調査結果？」

「新聞部が生徒に取材して集めたデータだそうです。さっきそこで号外を出していたのをもらってきたんですが……」

「いや……でも、これって……」

「はい……想定より、あやのん先輩と鬼塚《おにづか》先輩の支持率が拮抗《きっこう》してるんですよ」

円グラフにまとめられた調査結果。

それによると、彩乃《あやの》の支持率は五十五パーセント。

それに対し、恵《めぐみ》が三十八パーセントという結果だった。

ちなみに残りの七パーセントは『どちらともいえない』だ。

数字の上では勝っているが、想定ではもっと差が開くはずだった。

驚くべきは、なんの後ろ盾も持たない恵が四割近くの支持を集めているということ。

それは明確な脅威であり、今後の選挙の推移次第では、逆転される危険があるということを示していた。

第五章　恋と選挙とブレイクハート

小学校に上がった頃、恵はクラスの男の子たちに『鬼子《おにこ》』と呼ばれていた。

鬼塚という名前が珍しかったようで、よく「鬼さんこちら～」とからかわれたのだ。

今思えばなんてことのない、ただ苗字《みようじ》をもじっただけのあだ名だったけれど、恵はそのあだ名が本当に嫌だった。

別に好きでこの苗字になったわけじゃないし、名前に関してとやかく言われる筋合いもないし、そもそも圧倒的に可愛《かわい》くない。

煩わしくて「わたしは鬼子じゃないよ！」と反抗したこともあったが、それは悪手だった。

そういう子達は反応すると逆に喜ぶから。

だから、そのうち恵は何も言わなくなった。

鬼子と言われても、何も言わないようにした。

そんな時だ、恵の前に王子様が現れたのは。

その男の子は突然近所の家に引っ越してくると、下校中に恵をからかっていた男の子たちをあっという間に蹴散らしてしまった。

特別その子が強かったわけじゃない。

ひとつ年上だったので、そのぶん体が少し大きかっただけ。

それでも当時の恵《めぐみ》にとって、彼はまぎれもなくヒーローだった。

「失礼しちゃうよね、鬼子《おにこ》なんて」

助けてくれたあと、その子はそんなことを言った。

「恵ちゃんは鬼っていうより、お姫さまなのにね」

「お姫さま？」

「うん。だって、こんなにかわいいんだもん」

「………………」

初めてだった。男の子にそんなことを言われたのは。

助けてくれたことと、お姫様と言ってくれたのが嬉《うれ》しくて。

からかわれても出なかった涙が出て、その子のことを困らせてしまった。

それが自分の初恋だと気づいたのは、その数年後の話である。

◇

凛子《りんこ》が『支持率調査結果』を持ち込んだ数分後、生徒会室は重い空気に包まれていた。

テーブルを囲み、席に着いた四人の表情は一様に曇っている。

そんななか、選対本部長を務める愛梨《あいり》が沈黙を破った。

「まずいですね……まさか鬼塚《おにづか》先輩が、ここまで支持を集めてくるなんて……」

「ああ、無名の候補者だと思ってなめてたな……」

「ボクも、正直もっと差があると思ってました」

「……」

慧輝《けいき》と凛子が意見を述べ、彩乃《あやの》は無言で手にした調査結果の紙を見つめている。

恵の支持率が思っていた以上に高い。

三十八パーセントと、まだ選挙の二日目なのに四割近くの票を集めている。

本来なら、現副会長で知名度でも勝る彩乃が大差をつけていないとおかしい。

(何かカラクリがあるのか……?)

無名のはずの恵が支持を得ている理由。

それがわかれば対応のしようがあるのだが……

「あのさ、この新聞部の調査ってどこまで正確なんだ？　たまたま話を聞いた生徒に鬼塚さんの支持者が多かったって可能性もあるんじゃ？」

聞き取り調査に偏りがあった可能性を示唆してみると、

「それはないですね」

「私もそう思います」

凛子《りんこ》と愛梨《あいり》のふたりが揃《そろ》って否定した。

そして愛梨が解説してくれる。

「うちの新聞部は正確な情報の発信に命をかけてますからね。記者も優秀ですし、この数字はかなり正確だと思っていいはずです」

「じゃあ、新聞部自体に鬼塚《おにづか》さんの支持者がいるとかは？」

「それこそありえませんよ。現在の部長が忖度《そんたく》とか権力者の顔色をうかがうようなメディアの姿勢が大嫌いらしくて、生徒に寄り添った公正な報道をポリシーにしてますから」

「なるほど……」

愛梨の言う通りなら、新聞部の部長は金や権力に屈するタイプじゃない。

この支持率の結果はある程度信頼できるということだ。

それがわかったところで凛子が口を開く。

「けどそれなら、どうして鬼塚先輩はこんなに支持されてるんですかね？　校則で恋愛を禁止するなんて、みんな嫌がりそうなものですけど」

「そうだよな……」

彼の意見はもっともだ。

恵《めぐみ》はポスターでも校内演説でも堂々と『恋愛禁止化』を公言している。

花の高校生達がそれを支持するのはなぜなんだろう？

素敵な異性と恋して、充実した日々を送ることは、全ての中高生が思い描く憧れのスクールライフのはずなのに。

「もしかしたら……逆なんじゃないでしょうか？」

「逆？」

聞き返すと、発言した愛梨がこくりと頷《うなず》く。

「校内のカップルって、学校全体で見れば少数派ですよね？　大多数の生徒は独り身で、自分に恋人ができないから、交際してる人達の邪魔をしようとしているのでは？」

「なるほど、逆恨みか……」

ありそうな話だし、慧輝《けいき》も身に覚えがある。

「俺だって、校内でカップルがイチャついてたら爆発しろって思うしな」

「桐生《きりゅう》先輩、最低ですね……」

「人間だもの」

友人である翔馬《しょうま》と小春《こはる》にしても、目の前でイチャコラされると「よそでやれや」と思う時がある。

恋愛と縁のない若人の心理なんてそんなものだ。

「彼女ができないなら、いっそみんな破局してしまえってことですね！」

「独り身の生徒にとっては、鬼塚《おにづか》さんの公約はある意味救いなのかもしれないな」

凛子《りんこ》が笑顔でまとめ、慧輝《けいき》が神妙な表情で見解を述べる。

そして、愛梨《あいり》が難問に当たったように眉根を寄せた。

「それを考慮しても短期間でここまで支持を集めるのは相当難しいはずです。鬼塚先輩は人心掌握に長《た》けてるんですね」

「ああ、さすがはオタサーの姫を自称するだけあるな」

モテない男子の心理を熟知している。

鬼塚恵《めぐみ》は思った以上に手強《てごわ》い相手だ。

「これは、うかうかしてられないぞ……」

新聞部が発表した支持率は選挙の難しさを痛感させるものだった。

さすがに現時点では彩乃《あやの》のほうが優勢だが、今後の戦局次第ではひっくり返る可能性が充分にある。

「とにかく、なにか対策を練る必要があるな」

対策会議の前に、いったん休憩を挟むことになり、生徒会室を出た慧輝は糖分を摂取すべく最寄りの自販機まで足を運んだ。

小銭を投入し、迷わずいちごオレを購入。

コーヒーや紅茶なら生徒会室にもあるが、無性にこれが飲みたい気分だったのだ。

「──桐生《きりゅう》君」

「うおっ!?　……って、なんだ藤本《ふじもと》さんか」

紙パックを取り出したタイミングで背後から声をかけられ、振り返ると彩乃が所在無げに立っていた。

「藤本さんも糖分補給？」

「ううん……」

フルフルと首を横に振る。

それから、ためらいがちに口を開く。

「桐生君と、お話がしたくて」

「話？」

わざわざ追ってきたということは、生徒会室ではできない話だろうか。

意図を掴《つか》めないでいると彩乃がぺこりと頭を下げた。

「ごめんなさい。わたしが頼りないから、迷惑をかけちゃって……」

「ああ……」

それで、ようやく点と線が繋《つな》がった。

「もしかして、支持率のこと気にしてる？」

「……」

浮かない表情のまま、彩乃《あやの》が小さく頷《うなず》く。

そういえば、話し合いの際も彩乃はぜんぜん喋《しゃべ》ってなかった。

慧輝《けいき》達が支持率の結果で騒いだせいで不安にさせてしまったのだろう。

「別に藤本《ふじもと》さんが悪いわけじゃないだろ。思いのほか相手がやり手だっただけで、俺達の優勢は変わってないんだし」

「桐生《きりゅう》君……」

微《かす》かに顔を上げる彩乃。

けれど、またすぐにうつむいてしまう。

「でもわたし、なにも言えなかった……桐生君達が話し合ってくれてるのに……こんなわたしが会長になっても、みんなをまとめられないんじゃないかって……」

「それって……」

おそらく彼女が抱いた迷いも、選挙がなかったら生まれなかったものだと思う。

恵《めぐみ》というライバルが現れ、誰かと比較されることになって、自分が本当に生徒会長に相応《ふさわ》しいのか不安になったのだ。

選挙は残酷で、自身に対する生徒達の評価が支持率になって表れてしまう。

そのプレッシャーはけして軽いものではないだろう。

「藤本さんはさ、もっとワガママになってもいいと思うぞ」

「ワガママ？」

「紗雪《さゆき》先輩が言ってたんだ。リーダーは少し傲慢なくらいがちょうどいいって。指示を出すのが苦手なら、そういうのが得意な長瀬《ながせ》さんに任せればいい。雑用なら凛太郎《りんたろう》が喜んで引き受けるだろうし、藤本さんが全部背負う必要はないんだ。鷹崎《たかさき》先輩だって、うまくみんなに仕事を振ってたしな」

「あ……」

「それでも不安なら、選挙で確かめてみればいい。鬼塚《おにづか》さんを抑えて当選したら、藤本さんが会長に相応しいってことだろ？」

そう言って笑いかけると、彼女は呆気《あっけ》にとられた顔をする。

それから「ふふっ」とこらえきれずに吹き出した。

「桐生君は、短絡的すぎると思う」

彩乃にかけた言葉はもちろん本心だ。

彼女が生徒会長になったら学校がもっと楽しくなると思う。

「でも、ありがと。なんだか吹っ切れた気がする」

「悩んだらなんでも相談してくれ。今の俺は藤本さんの秘書だからな」

「じゃあ、さっそくだけどお願いが……」

「お、なんだ?」

尋ねると、返事のかわりに彩乃《あやの》が抱きついてくる。

「充電……させて?」

「このタイングで? ……まあ、いいけどさ」

思いきり匂いを嗅がれるのは微妙な気分だが、それで彼女が頑張れるなら体を差し出すのもやぶさかではない。

「あと、選挙に勝ったら桐生《きりゅう》君のパンツを——」

「あげません」

そこはちゃんと断った。


選挙活動でやるべきことはだいたい決まっている。

まずは選挙ポスターをなるべく多くの場所に貼り、名前を覚えてもらうこと。

それから重要になるのが校内演説だ。

候補者の姿を直《じか》に見て、その訴えを聞けば自然と応援したくなるもの。

そういう意味では愛梨《あいり》発案の握手作戦も効果的といえる。

可愛《かわい》い女子に握手されたら男子は嬉《うれ》しいし、人によってはアイドルの握手会のために大金を出すのだからその効果は絶大だ。

とまあ、そういった選挙事情を踏まえて対策会議が開かれたわけだが——

「ずばり、現代っ子が求めているのは刺激！　真新しさです！」

休憩が終わり、志帆《しほ》を除くメンバーが席に着いた生徒会室にて、女子用のブレザーとスカートでばっちり女装を決めた凛子《りんこ》が高らかに言い放った。

「旧態依然とした姿勢では新進気鋭の鬼塚《おにづか》陣営に票を持っていかれて当然！　我々もインパクトを追求すべきです！」

「三谷《みたに》にしてはまともな意見だけど……」

「で、具体的にはどうするんだ？」

「あやのん先輩に男装させたらいかがでしょう⁉」

手詰まりだった。

愛梨と慧輝《けいき》が揃《そろ》って溜息《ためいき》をつく。

生徒会役員は精鋭揃いだが、現会長も含めて選挙は未経験。

選挙活動に関するノウハウがまったくないのだ。

「支持率アップに繋《つな》がりそうな案はなかなか出ないな……」

「選挙って難しい」

慧輝《けいき》の呟《つぶや》きに彩乃《あやの》が律儀に同意する。

「でも、そんなに慌てなくてもいいんじゃないですか？」

盛り下がってきた会議でフォローを入れたのは愛梨《あいり》で、

「支持率はこっちがリードしてますし、無理にスタンスを変えるより、堅実にいくほうがベターかと。それに、さすがに恋愛アンチはこれ以上増えないと思いますし」

「確かに、彼氏彼女持ちの生徒は鬼塚《おにづか》さんに猛反発してるしな」

可愛《かわい》いロリっ娘《こ》を彼女に持つ翔馬《しょうま》も当然反対していた。

今がいちばん楽しい時期なのに邪魔されたくはないだろう。

校内のカップル達は間違いなく彩乃に票を入れる。

それに加えて、彩乃には人望によって築いた固定票がある。

恋愛アンチ頼りで伸びが見込めない鬼塚陣営が不利なのは明らかだ。

「となると、このまま堅実にいくのも手か……」

「でも、けーくん先輩？　相手が短期間で支持を得ているのは事実ですよ？　恋愛アンチ以外にも隠し玉があるかもしれませんし」

「む……」

凛子《りんこ》の意見も一理ある。

慢心こそが最大の敵だと誰か偉い人も言っていた。

「わたしも、できることはなんでもしたい」

「藤本《ふじもと》さん……」

副会長にそう言われてしまえば頷《うなず》くしかない。

彼女の秘書として新たな作戦を考えてみる。

「問題は、どうやって有権者にアピールするかだよな。普通に校内演説するだけじゃ今までと変わらないし」

「ちょっと思ったんですけど、あやのん先輩をアイドル化するのはどうですか？」

「アイドル化？」

凛子がまた突拍子のないことを言い出した。

「アイドル総選挙ってあるじゃないですか？　選挙って、いってみれば人気投票なので、トップで活躍してるアイドルを参考にすれば支持率アップに繋《つな》がると思うんです」

「けど、具体的になにをするんだ？」

「アイドルって、よくＳＮＳで写真をアップしたりしてますね？　ボク達もネットを使ってあやのん先輩の魅力を発信していくんですよ」

「なるほど。生徒会のホームページとかに載せるといいかもな」

今はなんでもネットで情報を得る世の中だ。

選挙の告知がされたことでホームページのアクセスも増えるだろうし、そこに彩乃の写真を載せれば宣伝効果があるかもしれない。

「写真を撮るなら、小春《こはる》先輩からデジカメとか借りてくるけど」

「ふふふ、それには及びませんよ桐生《きりゅう》先輩」

ここでなぜか愛梨《あいり》が席を立つ。

そして、みんなに自分のスマホを見せながらドヤ顔で言った。

「彩乃《あやの》先輩の胸キュンブロマイドなら、私けっこう持ってますから！」

「なんで愛梨が持ってるの……」

「そんなの、ことあるごとに隠し撮りしてたに決まってるじゃないですか」

「ことあるごとに隠し撮りするなよ」

「でも、今は助かりますよ。写真を撮るのも時間がかかりますし」

凛子《りんこ》の言う通り時間は限られている。

苦渋の決断で隠し撮りについてはひとまず保留となり。

みんなで愛梨の近くに集まって、選評会が始まった。

愛梨が撮り溜《た》めたコレクションはかなりの数で、中庭のベンチでぼーっとパックのバナナオレを飲んでるところや、生徒会室でうたた寝をしているものなど、バリエーションも多岐にわたった。

「あ、これ可愛《かわい》いな」

「猫舌な彩乃先輩がキュートですよね」

学食のラーメンの熱さに「あちち」と舌を出している写真など、アイドル級のあざとさがある。

「こっちのあやのん先輩も可愛いですよ。野良猫相手に猫の手してるとこ」

「三谷《みたに》にしては見る目あるじゃない」

「長瀬《ながせ》さんはもうなんでもいいんだろ」

「……わたし、恥ずかしすぎて死にそう」

写真を選ぶみんなの後ろで、彩乃が受けなくてもいいダメージを負っていた。

そうして四人で写真選びに没頭していると、多忙な時間の合間を縫って、応援団長の志《し》帆《ほ》が生徒会室に顔を出した。

「……あれ？　みんな、なにしてるの？」

その質問に、愛梨と凛子が答える。

「今、ホームページにアップする彩乃先輩の写真を選んでるんです」

「これで支持率アップは間違いなしですよ！」

「え？　実名と顔写真をネットに上げるのはまずいんじゃ……？」

「「「「あ……」」」」

志帆のひと言で『アイドル化計画』はお蔵入りになり。

最終的に二度目の握手会を開催することで決着した。

現代の学校はコンプライアンスに厳しいのである。


「ただいまー」

「おかえりなさい、兄さん」

午後七時過ぎ、選挙の手伝いを終えた慧輝《けいき》が帰宅すると、部屋着姿の妹がリビングのソファーで何やら本を読んでいた。

「あれ、なに読んでるんだ?」

「これ? 今日、学校で漫研の人が配ってたの」

「漫研?」

受け取ったそれは、漫画研究部が作ったという二十ページほどの薄い漫画冊子で。

シンプルな装丁に『叶《かな》わぬ夜の恋物語』というタイトルが躍っていた。

「すごく面白いんだよ。ちょっと悲しいお話なんだけど」

「へえ……これ、ちょっと借りていいか?」

「いいよ。もう何度も読んだから」

瑞葉《みずは》に本を借り、部屋に戻った慧輝はさっそくそれを開いた。

軽く目を通すと、それはひとりの女性の恋を綴《つづ》った物語だった。

舞台は中世ヨーロッパの小国。

登場人物はお互い愛し合っているのに結ばれない運命にある男女で、許されない恋のせいでふたりが不幸になっていく様を描いていた。

短いながらも構成が秀逸で、読んだ者に『恋愛』の是非を問うようなストーリーになっている。

主人公達と対比させるためか、普通に幸せな生活を送る友人夫婦も登場しており、読者によってはまさに「リア充《じゅう》爆発しろ」と思ってしまうシーンも盛り込まれていた。

「鬼塚《おにづか》さんの支持率が高かったのはこういうことか……」

この漫画が恋愛アンチを増やした原因だろう。

漫研が総力をあげて制作したオリジナル漫画。

それを生徒に無料配布して話題を作り、もらえなかった人も読めるように漫研のホームページにアップしていたのだ。

「ご丁寧に二次元コードまで貼ってあるし……漫研はたしか文化祭の時も同人誌を作って売ってたし、校内に一定数のファンがいるのかもな」

どうりで想定より恵《めぐみ》の支持者が多かったわけだ。

鬼塚陣営は漫研が持つ技術を駆使し、こちらが想像もつかない方法で票を集めていたのである。

そして漫画冊子の奥付には、ストーリー原案に鬼塚恵《おにづかめぐみ》の名前があった。

「この話、鬼塚さんが考えたのか」

作画は男子部員達が手分けして描いたようだ。

スマホで調べてみると、漫研のホームページにこの漫画が掲載されたのは一週間ほど前。

話を作るのも、絵を描くのも、それなりの時間がかかるはずだ。

ということは、恵はかなり前から選挙の準備をしていたことになる。

絵も綺麗《きれい》だし、演出もストーリーも秀逸。

漫研が作った漫画は丁寧に作り込まれたのがわかる素晴らしいものだった。

「あの瑞葉《みずは》が目を輝かせて絶賛してたからな」

映画鑑賞が趣味で、かなり目が肥えている妹が言うのだから相当だ。

(ここまでして、恋愛禁止にこだわる理由はなんなんだ?)

鬼塚恵がいかに本気で選挙に取り組んでいるか。

それはこの漫画を読めば一目瞭然だ。

しかし、だからこそ選挙の先にある『恋愛禁止化』にこだわる理由がわからない。

「……少し、探りを入れてみるか」

別に弱みを握って優位に立とうと思ったわけじゃない。

ただ、その校則を成立させることで彼女にどんなメリットがあるのか、彼女が何を考えてこの物語を書いたのか気になったのだ。

◇

選挙三日目の水曜日。

慧輝《けいき》は恵の目的を探るべく、朝から彼女の動向を観察していた。

彼女はクラスに友人がいて、休み時間は必ず誰かとお喋《しゃべ》りしており、授業態度も普通に真面目で、トイレにいく時は数人で向かう典型的な女子高生だった。

「うーん……なかなか話しかけるタイミングがないな」

そうして成果ゼロのまま迎えた昼休み。

弁当を食べ終えた恵が単独で教室を出た。

(よし、鬼塚さんに接触するチャンスだ!)

ようやく到来した好機に、意気揚々とそのあとを追う慧輝。

コソコソとストーキングを開始するも、意外と恵の足が速く、慧輝が教室を出た時にはもう階段に足をかけたところだった。

なんとか彼女が一階に下りたところまでは追跡できたものの、途中で学食帰りの人混みに飲まれてしまい、すっかりターゲットを見失ってしまった。

「鬼塚《おにづか》さん、どこいったんだ？」

こんなことなら林間学校の時に連絡先を聞けばよかった。

自身のコミュ力の低さを悔やみながら一階を徘徊《はいかい》していると、

「……ん？　あのふわふわの髪は……」

校舎の外、寒そうな十二月の中庭にポツンと立ち、どこかを見つめながら佇《たたず》む女子生徒の姿を見つけた。

背を向けてはいるが、あのふわふわのロングヘアはそうそういない。

「なにを見てるんだろう？」

どうやら校舎の二階あたりを見ているようだが、ここからではよくわからない。

恵《めぐみ》がその場から動こうとしないので、こちらから出向くことにする。

内履きのまま外に出て、横からそっと彼女に近づいた。

「鬼塚さん？」

「わひゃあっ!?」

声をかけると、恵がびっくりした猫みたいに飛び上がった。

「誰!?　……って、なんだ、桐生《きりゅう》氏じゃないすか……」

声の主がクラスメートだとわかると「むぅ……」と怒った顔をする。

「おどかさないでくださいよ」

「いや、俺もそんなに驚くとは思わなくて」

想像以上にびっくりされたことに驚いたくらいだ。

「鬼塚さん、こんなところでなにしてたんだ？」

「……別に」

「なんか、校舎の窓のほうを見てたみたいだけど？」

「み、見てないし！　……用がないなら、私いくんで……」

「!?　ちょ、ちょっと待ってくれ！」

「え!?　な、なんすかそんな慌てて……？」

校舎に戻ろうと恵が背を向けた直後、慧輝《けいき》は慌てて彼女を呼び止めていた。

一方、大声で呼び止められた恵は困惑顔だ。

「落ち着いて聞いてほしい……鬼塚さんがそのまま校舎に入ると大惨事になる」

「？　どういう意味っすか？」

「言いにくいんだけど、鬼塚さんのスカートが全力でめくれてる」

「ふわっ!?」

驚いて飛び上がった時に上着に食い込んだのだろう。

スカートのお尻の部分が絶妙な感じでめくれ上がっていて、彼女が校舎に戻ろうとして背を向けた瞬間、黄色のパンツをばっちり目撃してしまったのである。

慌ててお尻の部分を直した恵《めぐみ》が真っ赤な顔で頭を下げた。

「……あ、ありがとうございます。おかげで助かりました」

「どういたしまして」

パンモロの悲劇を未然に防げてよかった。

「でも、できればもう少し早く言ってほしかったっす」

「次は善処するよ」

「次とかないっすから！」

そう言って子どものように「いーっ」と威嚇する恵。

「……じゃあ、私は教室に戻るので」

「待ってくれ。その前に、少し時間をくれないか？」

「なんすか？　もしかして告白ですか？」

「ちょっと話があるだけだ」

「……まあ、パンツの恩もあるし、少しならいいっすけど……」

さすがに中庭は寒いので、ふたりで校舎に戻る。

生徒玄関付近の自販機で温かい缶コーヒーを二本購入し、うち一本を彼女に渡した。

「奢《おご》り」

「どもです」

　感謝を告げて受け取る恵。

　壁に背中を預けた彼女はプルタブを開けずに両手で缶をコロコロする。

「藤本《ふじもと》ちゃんの秘書が敵の私と仲良くしてていいんすか？　誰かに見られたら変な噂《うわさ》を流されるかもですよ？」

「クラスメイトと話をするくらい普通だろ」

「それもそうっすね」

　そこで恵はようやくプルタブを開けた。

　ひとくちだけ飲んで、少し警戒を込めた目を慧輝《けいき》に向ける。

「それで、いったい私になんの用っすか？」

「鬼塚《おにづか》さんに訊《き》きたいことがあるんだ」

「訊きたいこと？」

「鬼塚さんは、どうして恋愛を禁止にしようとしてるんだ？」

　校則を変えたいということは、今の学校に不満があるということだ。

　今の生徒会メンバーは生徒がよりよい学校生活を送れるよう真剣に仕事をしている。

　校内の雰囲気は悪くないし、慧輝自身は過ごしやすい学校だと思っている。

　だからこそ、いくら考えても彼女の目的がわからなかった。

「どうして……？」

恵《めぐみ》の口からこぼれたのは感情を押し殺したような声。

「そんなの、みんながナオ君を傷つけたからですよ」

「ナオ君……？」

「桐生《きりゅう》氏だって面識があるはずっすよ。生徒会の三谷凛《みたにりん》に騙《だま》されて、こっぴどくフラれた文実の委員長です」

「文実の……委員長？」

その検索ワードで引っかかったのはひとりの人物。

「まさか、凛太郎《りんたろう》にフラれた委員長!?」

そう、あれは十月下旬に開催された文化祭で起きた悲劇。

委員長はインテリっぽい眼鏡の先輩男子で、女子の制服を着た凛を女子と勘違いし、愛の告白を敢行して玉砕したのである。

「そうっす。文実の委員長——乾直也《いぬいなおや》は私の幼馴染《おさななじみ》なんですよ」

「そんな相関図が……」

文実の委員長の件がここで繋《つな》がるとは。

世の中、何が起こるか本当にわからない。

「けど、それがなんで鬼塚《おにづか》さんが立候補する話になるんだ？」

「三谷氏にフラれたあと、ナオ君はすごく落ち込んでたんすよ。片想《かたおも》いの相手が女装した男だったんだから当然ですけど」

「まあ、そうだな……」

意中の相手がスカートを穿《は》いた女装男子だったとか。

そんな事実を知ったら一ヶ月は引きこもる。

「私も頑張って励ましたんですけど、立ち直ってくれなくて……そのうち死んだ魚みたいな目で〝もう恋なんかしない……〟って、邦楽の歌詞みたいなことを言い出したんです」

「お、おお……」

「失恋してどん底な気分の時に、校内でイチャつくカップルを見たらどんな気持ちになると思います？」

「それは……」

まず間違いなく「リア充《じゆう》爆発しろ」と思うだろう。

ここまで聞けば、さすがの慧輝《けいき》にも恵の抱く気持ちがわかった。

「だから私は、ナオ君のためにカップルを排除するんです。生徒会長になって、この学校を恋愛禁止にすることで」

「なるほどな……」

恵の事情は把握した。

彼女は失恋した幼馴染《おさななじみ》のために学校を変えるつもりなのだ。

（つまり、今回の騒動は概《おおむ》ね凛太郎《りんたろう》のせいってことだな）

あの女装男子の罪状についてはひとまず置いておくとして。

今は目の前の同級生に確認しないといけないことがある。

「鬼塚《おにづか》さんは、本当にそれでいいのか？」

「なにがっすか？」

「話を聞いて思ったけど、鬼塚さんは乾《いぬい》先輩のことが好きなんだろ？」

「ふにゃっ⁉」

直球を投げ込まれ、恵《めぐみ》がぽっと顔を赤くする。

その反応は答えを言っているようなものだ。

「す、好きで悪いっすか⁉」

「いや、悪くはないけど」

「けどなんなんです⁉」

「恋愛を禁止したら、鬼塚さんも乾先輩と付き合えなくなるだろ？」

仮に恋愛禁止の校則が成立したとする。

そのルールは当然、生徒である恵にも適用される。

そうなれば彼女が彼に告白しても学校で交際することはできなくなる。

だというのに、恵《めぐみ》の反応は淡々としたものだった。

「ああ、そんなことっすか……」

「そんなことって……」

「確かに私は子どもの頃からずっとナオ君のことが好きですよ。でも、今の今まで勇気を出せなくて告白できなかったんです」

「………」

「高校に入ったら気持ちを伝えようと思ってたのに、いざとなったらやっぱりこわくなって……」

結局、想《おも》いを告げられないままズルズルきてしまったらしい。

「そしたらナオ君、いつからかあんまり会ってくれなくなって、しばらく疎遠状態になって……避けられてるのかと不安になってたら、なぜか三谷《みたに》氏に夢中になってるし……挙句に男だしフラてるし……」

「なんか、うちの三谷がごめん……」

後輩の女装癖のせいで恵の人生が大変なことになっていた。

「……私、子どもの頃、クラスの男の子たちにからかわれてたんです。名前が鬼塚《おにづか》だから、鬼子《おにこ》って呼ばれてて、私はそれがすごく嫌だった。だって鬼っすよ？　昔話だとだいたい悪いことばかりする敵キャラじゃないですか」

「まあ、わかる」

物語に出てくる鬼にあんまりいいイメージはない。

幼少期にそんなあだ名で呼ばれたら気分も悪いだろう。

「そんな時、ナオ君が近所に引っ越してきたんです。わたしをからかってた子たちを蹴散らしてくれて、学校が一緒だったから自然とふたりで登下校するようになって、そのうちお互いの家に行き来するようになって……好きって気づいたのは、けっこうあとになってからなんですけど」

彼を好きだと気づいたのは彼女が中学に上がってから。

自分の気持ちに気づいてからも、勇気を出せず告白できないまま、幼馴染《おさななじみ》として一緒に過ごしたという。

「で、いっこうにナオ君と付き合えなくて暇だから、オタクサークルで姫になって現在に至るわけです」

「え、漫研に入ったのってそんな理由なの？」

「部員はオタクオンリーですけど、男の子にちやほやされるのは悪くないですし？」

「うわぁ……」

鬼塚氏、わりととんでもない人だった。

「私は、自分の気持ちなんてどうでもいいんすよ。ただ、好きな人に残りの高校生活を笑顔で過ごしてほしいんです」

「鬼塚《おにづか》さん……」

彩乃《あやの》が正当な会長候補だとすれば、恵《めぐみ》は異色の会長候補だ。

全ての生徒が楽しい学校生活を送れるようにと願う彩乃に対し、恵はたったひとりの男子のために生徒会長になろうとしている。

「ごめん、鬼塚さん……」

彼女の目的はわかった。

恋愛禁止にこだわる理由も、選挙にかける熱意も理解した。

それでも——

「やっぱり俺は、鬼塚さんを会長にするわけにはいかないみたいだ」

「そっか……」

寂しげに呟《つぶや》いたあとに恵がにっと笑う。

「それなら、あとは選挙で決着をつけるしかないっすね」


その日の放課後、生徒会室では志帆《しほ》を除くメンバー四人が席に着いていた。

「うわ、それ完全にボクが悪いやつじゃないですか」

「ほんとだよ。どうしてくれるんだこの落とし前」

「三谷《みたに》の罰はあとで考えるとして、乾《いぬい》先輩は完全に被害者ですよね」

「委員長が可哀想《かわいそう》……」

授業が終わったあと、生徒会室に足を運んだ慧輝《けいき》は集まったメンバーに恵から聞き出した話を伝えた。

他人の恋愛事情を話すのもどうかと思ったが、凛太郎《りんたろう》が絡んでいる以上、生徒会メンバーも無関係ではない。

「でも、勝手に勘違いしたのは向こうじゃないですか」

今日も今日とてスカートを着用している女装男子が不満げに口を尖《とが》らせる。

「別にボク、自分から女の子だとか言ってないですし」

「お前がスカート穿《は》いてたら女子にしか見えないんだよ」

「ああ、けーくん先輩も最初の頃はボクの体で興奮してましたもんね」

「死にたくなるから思い出させないでくれ」

男子の背中を見てドキドキしていた自分を殴りたい。

慧輝の人生史上でもかなり上位に位置する黒歴史である。

「そもそも、長瀬《ながせ》さんが男子をいたわるって相当だからな」

男嫌いの愛梨《あいり》が同情するくらいだ。そりゃ乾委員長だって「もう恋なんかしない……」

とか邦楽の歌詞みたいなことを言いたくもなるだろう。

「けーくん先輩も、一度試してみたら女装の魅力がわかるかもですよ?」

「わかってたまるか」

「でも、桐生《きりゅう》先輩もバニーガールの衣装を着たことありますよね?」

「なんで長瀬《ながせ》さんが知ってるの!?」

「こないだお泊まり会をした時に唯花《ゆいか》が見せてくれました」

「唯花ちゃあああああん!?」

なんてものを見せているのか。

唯花が家に遊びにきた際、お仕置きと称して着せられた悪夢がよみがえる。

慧輝《けいき》の人生史上でもトップスリーに入る黒歴史だ。

「それ、彩乃《あやの》さんも興味ある」

「見せてたまるか」

あんな姿を見られるくらいなら匂いを嗅がれるほうがマシだ。

「まあ、ここで三谷《みたに》を責めていても問題は解決しませんし、今は選挙に専念しましょう」

「たしかに、ここで言い合っててもしょうがないしな」

使用できる時間は限られている。

凛子《りんこ》に説教するより、選挙に勝つための準備に使うべきだろう。

気持ちを切り替えた慧輝の向かいで、彩乃がぽつりと呟《つぶや》いた。

「鬼塚《おにづか》さんは、好きな人のために学校を変えようとしてるんだよね？」

「ああ、そう言ってた」

「それが理由なら、なおさら鬼塚さんには負けられない」

「そうだな……」

みんなに楽しい学校生活を送ってほしい。

それが彩乃の願いであり、彼女を突き動かしている原動力である。

勉強や部活も大事だが、素敵なパートナーと過ごす時間も大切な青春だ。

恵《めぐみ》の気持ちも理解できるが、ひとりの男子のために、他の生徒の青春を犠牲にするような政策を許すわけにはいかない。

選挙期間も今日でちょうど折り返し地点。

泣いても笑っても、あと二日だ。


その後、愛梨《あいり》に演説の資料を集めてほしいと頼まれた慧輝は図書室を訪れていた。

数冊の本をピックアップしたのち窓際の席に座り、それぞれの本から必要な項目をノートに書き出していく。

黙々と作業に没頭していると、向かいの席にやってきた人物が声をかけてきた。

「やあ、桐生《きりゅう》君。また会ったね」

「……ああ、どうも」

顔を上げると、例の鋭い眼光が特徴の男子生徒が立っていた。

どうやら上級生のようなのだが、やはり慧輝《けいき》は彼の姿に覚えがない。

「あの……失礼ですけど、どこかでお会いしましたっけ？」

「あれ、もしかして憶《おぼ》えてない？　文化祭の時、一緒に仕事をしたんだけどな」

「文化祭……？」

記憶を掘り起こしてみる。

「うーん、やっぱり記憶にないみたいなんですが」

「あ、あれー？」

文化祭で記憶フォルダーに検索をかけてみたが目の前の人物はヒットしなかった。

彼の特徴的な目つきの悪さは、一度見たら忘れないと思うのだが。

「あ、じゃあ、こうしたらわかるかな？」

手にしていた勉強道具を置いた彼が、ケースから取り出した眼鏡をかける。

これまた特徴的な丸眼鏡だったが、そのレンズの形には見覚えがあって——

「あ……ああっ!?」

ようやくわかった。

「文実の委員長!?」

「思い出してくれてよかった。改めまして、文化祭実行委員長をしていた乾直也《いぬいなおや》です」

眼鏡のイメージしかなかったから気づかなかった。

彼こそが文化祭における悲劇の主人公、女装した凜太郎《りんたろう》にフラれた文実の委員長こと乾直也その人だ。

「乾先輩、眼鏡伊達だったんですか？」

「ぼくは昔から目つきが悪くてね。それが原因で女子にモテないのかと思って、三年になってから眼鏡をかけてみたんだよ」

「そ、そうなんですか……」

身分を証明した上級生が椅子に腰掛け、眼鏡を外す。

（たしかに、眼鏡がないとちょっと威圧感はある……）

話してみると物腰の柔らかないい人なのだけど。

「でも、最近になって自分を偽るのが馬鹿らしくなってね」

「そうですね。そのほうが格好《かっこう》いいですよ」

「ありがとう。……そういえば、桐生君は生徒会の役員だったね」

「文化祭の時は臨時役員で、今はもう辞めてますけどね」

「じゃあ、ぼくが三谷君《みたに》にフラれたことは知ってるのかな?」

「ええまあ、だいたいは……」

素直に応えると、アンニュイな表情で彼が語り始める。

「ぼくはね、三谷君のことが本当に好きだったんだ。あんなに可愛《かわい》いのに、まさか男の子だったとはね。神様は本当に意地悪だよ」

「なんかすみません……」

「あはは、桐生《きりゅう》君が謝ることじゃないよ」

「ああいえ、知り合いにかなりショックを受けてたって聞いたので」

「おや、誰に聞いたのかな。……まあたしかに、フラれた直後はすごくショックだったけどね。ひと通り落ち込んだあと、一周回って可愛ければ男の子でもいいのではと思ってきたりもしたんだけど……」

「それ、完全に末期症状ですよ」

いくら可愛くてもあくまで男。

スカートの中に凶暴な野獣を飼っているのである。

「それでも、いつまでもふさぎ込んでるわけにもいかないからね。失恋のショックをまぎらわせるために、あれからずっと図書室で勉強してるんだよ」

「そうなんですか……ん?」

　そこで慧輝《けいき》はあることに気づく。

「乾《いぬい》先輩、ずっと図書室で勉強してたんですか？　この席で？」

「うん？　そうだね、だいたいこの席だよ」

「それって、昨日の昼休みも？」

「そうだよ。よく知ってるね」

「………………」

　またひとつ、慧輝の中でピースが埋まった。

（そうか……鬼塚《おにづか》さんは昨日、中庭から勉強するこの人を見てたんだ）

　事情はわからないが、恵《めぐみ》と直也《なおや》は疎遠状態になっているらしい。

　顔を合わせるのが気まずいから、遠巻きに眺めていたのだろう。

　健気《けなげ》な恵がとても可愛く思えてくる。

「桐生君はなんの本を読んでるんだい？」

「演説関連の本ですね」

「演説？」

「俺、選挙期間限定で藤本《ふじもと》さんの秘書をしてるので」

「ああ、それで」

　納得したように直也が頷《うなず》く。

「選挙といえば、今回出馬した鬼塚恵《おにづかめぐみ》って子、ぼくの幼馴染《おさななじみ》なんだよ」

「へー、そうなんですね」

恵の話題が出たので、初耳でしたというふうに話を合わせてみる。

「けど、いきなり生徒会長に立候補するなんて驚いたよ。恵ちゃん、あんまりそういうのに名乗り出るタイプじゃないから」

この発言で確信する。

（やっぱり乾《いぬい》先輩は知らないんだな。鬼塚さんが立候補した理由を）

まあ、恵の口ぶりから彼に伝えていないのは想像がついたが。

（言ってしまうか？　乾先輩に、鬼塚さんが片想《かたおも》いしてることを）

幼馴染ということは、彼も恵のことを憎からず思っているはずだ。

慧輝《けいき》が話すことで、もしもふたりが両想《りょうおも》いになることがあれば、恵が生徒会長になる理由はなくなる。

（……いや、やっぱりダメだ。鬼塚さんの気持ちを勝手に伝えるなんて）

それは完全にルール違反だ。

本人がずっと言えなかった気持ちを、他人が伝えるのは絶対にダメだ。

（……待てよ？　それなら、ふたりがくっつくようそれとなくサポートしてやれば……）

陰ながら恋のキューピッドになるのはセーフだろう。

かつて鳳《おおとり》小春《こはる》と秋山翔馬《あきやましょうま》の仲を取り持った自分ならできるはず。

そうと決まれば善は急げ。

さっそく探りを入れてみる。

「実は俺、鬼塚さんとクラス同じなんですよ」

「おや、そうなのかい？　それは奇遇だね」

「幼馴染ってことは、今も鬼塚さんと仲がいいんですか？」

「いや、それが……最近はあまり会ってなくてね」

「どうしてですか？」

「うん……すごく言いにくいんだけど……」

本当に言いにくそうに、指で頬《ほお》をかきながら直也《なおや》が言う。

「実はちょっと前に、ぼくの部屋で恵ちゃんに隠してたエロ本を見られちゃってね」

「はい？」

思わず素っ頓狂な声が出た。

ちょっと予想だにしなかったエピソードが飛び出したからだ。

「しかもそれが、ちょっとマニアックな感じのやつで……」

「え、あの、ちょっと……？」

「恵ちゃんは笑って許してくれたんだけど。それ以来、どうにも顔を合わせるのが気まずくてね……」

「ええー……」

どうしよう？

思ったよりしょうもない事情で脱力してる。

というか――

（疎遠になってる理由ってそれかよ⁉）

恵《めぐみ》も直也《なおや》に避けられてるみたいだと言っていたが、その原因がエロ本だったとは。

たぶん、彼女のほうはそんなのぜんぜん気にしてない。

それどころか、手酷《てひど》く失恋した彼を心から心配していた。

「でもね、文化祭が終わったあと、恵ちゃんのほうから話しかけてきてくれたんだ。あの子は優しいから、失恋して落ち込んでいたぼくを放っておけなかったんだろうね」

「そうですね。その通りだと思います」

何しろ恵本人から聞いたのだから間違いない。

おそらく彼女は純粋な心の持ち主なのだろう。

そうでなければ好きな男のために校則を変えようとは思わない。

「実をいうとね……ぼく、恵ちゃんのことが好きだったんだ」

「へー、そうなんですね」

…………。

…………。

…………。

「……って、えええっ!?」

　遅れて驚いた。

「乾《いぬい》先輩、鬼塚《おにづか》さんのこと好きだったんですか!?」

「うん。でもなんか、恵ちゃん、ぼくのことを避けてるみたいだったし、漫研に入って男の子達にチヤホヤされて楽しそうだったしで、けっきょく告白できなくてね……。それで新しい恋を見つけようと思って……」

「あー、そういう……」

　少女漫画かと思うほど見事にすれ違ってしまっている。

　片方がさっさと告白していれば、それでハッピーエンドだったパターンだ。

「それで凛太郎《りんたろう》に騙《だま》されたんですね」

「そういうことだね。恵ちゃんのことは諦めようと思ってたんだけど、ぼくのことを励ましてくれる彼女を見てたら、なんというか、その……」

「本格的に好きになってしまったと」

「まあ、端的に言えば……」

「乾《いぬい》先輩、意外とちょろいですね」

「ちょろい先輩でごめんね!?」

「うーん……」

なんだかいろんな情報が出てきて思わず天を仰ぐ。

(これはつまり、ふたりは両想《りょうおも》いってことだよな……?)

まさかの急展開だが、キューピッドとしてはこのチャンスを逃すわけにはいかない。

「よし、告白しましょう！　鬼塚《おにづか》さんに！」

「え、でも……」

「善は急げ！　告白も早急に、ですよ！　鬼塚さん可愛《かわい》いんだから、ぼうっとしてたら他の人に取られちゃいますって！」

「でも、ぼくは他の子に気移りしちゃったわけだし……しかも女装した男子にフラれた情けない男だし……」

「そんなの関係ないですって！　——そうだ！　なんなら今から練習しましょう！　俺が練習相手になりますから！」

「桐生《きりゅう》君、どうしてそんなに……」

「そんなの、ふたりに幸せになってほしいからに決まってるじゃないですか！」

本人達は知らないが乾直也《なおや》と鬼塚恵《めぐみ》は両想いだ。

ここで彼が彼女に告白すれば、おそらく断られることはない。

恵の恋が実ればもう『恋愛禁止化』を強行する必要もなくなるし、彩乃《あやの》も生徒会長になれてまさに一石二鳥だ。

(そのためにも、乾先輩には頑張ってもらう必要がある)

誰もが幸せになれる未来への鍵は、この少々目つきの悪い上級生が握っているのだ。

「……こんなぼくでも、恵ちゃんに告白してもいいのかな？」

「いいに決まってるじゃないですか！　恋愛はフリーダムなんですから！」

「恋愛は……フリーダム……」

真剣な表情で、慧輝《けいき》がテキトーに作った決め台詞《ぜりふ》を復唱する乾氏。

「わかったよ、桐生君！　ぼく、恵ちゃんに告白してみる！」

「わかってくれましたか！」

「さっそくだけど、練習に付き合ってほしい！」

「もちろんですとも！」

気持ちが伝わり、ようやく委員長がやる気になってくれる。

幸い、今日の図書室は他に利用者もおらず、当番の図書委員も書庫で作業をしているので多少うるさくしても問題はないだろう。

静寂に包まれた図書室で、席を立った両名が真剣な顔で向かいあう。

「それではさっそくいきましょう！」

「お、おっす！　……ぼ、ぼくは……き、ききき君のことが好きだ！」

「ぜんぜんダメです！　まるでなってない！　先輩の愛はそんなものなんですか!?　もう一回！」

「ぼくは、君のことが好きだ！」

「もっと大きな声で！」

「ぼくは、ぼくは君のことが――」

直也《なおや》が深く息を吸い、

「大好きだあああああああああっ!!」

溢《あふ》れんばかりの気持ちをのせて、思いきり声を吐き出した。

粗削りながらも、全身全霊で放った三度目の告白は、熱い想《おも》いがひしひしと伝わってくるいい告白だった。

「よし！」

会心の出来に、慧輝《けいき》が思わずガッツポーズをして、

「――ほへ？」

通りすがりの南条《なんじょう》さんが呆《ほう》けた声を漏らした。

「えっ、南条!?　なんでここに!?」

真緒《まお》はその手に文庫本を持っていて、どうやら借りていた本を返却しにきたようだが、いかんせん、あまりにもタイミングが悪かった。

「き、桐生《きりゅう》が……桐生が目つきの悪いイケメンに求愛されてる!?」

「求愛!?」

息をするように、通りすがりの腐女子が壮大な勘違いをする。

確かに、はたから見れば先輩男子が後輩男子に告白した図にしか思えない状況だ。

降って湧いた奇跡のＢＬネタに、おち○ちん事件から元気のなかった真緒が生き生きと目を輝かせる。

「大変だ……これはすぐにネームに取りかからねば……っ!!」

「ちょっ!?」

「どうもごちそうさまでしたあああああっ!!」

まさに水を得た魚。

新鮮なネタを入手した真緒がダッシュで図書室を出ていった。

「大変なことになってしまった……」

凛太郎《りんたろう》に続き、またもや上質なＢＬネタを提供してしまった。

「今の子も桐生《きりゅう》君の知り合いだよね？　ごめんね。ぼくのせいで、なんだか勘違いさせたみたいだ」

「俺のほうこそ中断させてすみません。南条《なんじょう》のことは気にしなくていいので、練習を再開しましょう」

「いや、もういいんだよ桐生君」

「乾《いぬい》先輩？」

「よくよく考えたら、やっぱりぼくなんかが告白なんておこがましかったんだよ。三谷《みたに》君に気移りしたくせに、どの面さげて言ってるんだって感じだし」

「そんなことは……」

「応援してくれた桐生君にはわるいけど、やっぱり諦めることにするよ。恵《めぐみ》ちゃんとぼくが釣り合うわけないもんね」

やはりまだ失恋を引きずっているらしく、ネガティブな思考が炸裂《さくれつ》する。

恵のことは諦めると、笑顔で言う姿が痛々しい。

「──私とナオ君は釣り合うわけない、か」

「「え？」」

図書室に用があったのか、はたまた直也《なおや》の声を聞きつけてやってきたのだろうか。

慧輝《けいき》と直也が振り向くと、そこにはうつろな表情の恵が立っていた。

「め、恵ちゃん……？」

「そう……だよね……釣り合うわけないっすよね……私なんかとナオ君が……釣り合うわけ……っ」

声を震わせながら、恵がその目に涙をにじませる。

状況は掴《つか》めないが、彼女が何か誤解をしていることはわかった。

「鬼塚《おにづか》さん、それは違う……っ!!」

けれどもそれを伝える前に、彼女は身をひるがえして駆け出していた。

「鬼塚さん!?」

かけた声も、咄嗟《とっさ》に伸ばした右手も届かない。

制止を振り切って、恵が図書室を飛び出していく。

そんな彼女を、慧輝達は呆然《ぼうぜん》と見送ることしかできなかった。

「なんでこうなるんだよ……」

恋のキューピッドが聞いて呆《あき》れる。

カップルを成立させるどころか、余計な手出しをしたせいで、ふたりの恋模様をぐちゃぐちゃにこじれさせてしまったのだ。

…エピローグ…

選挙戦も終盤の四日目を迎えた木曜日の朝。

いつも通り一緒に家を出た慧輝《けいき》と瑞葉《みずは》のふたりは、通学路をてくてくと歩いていた。

「今日は寒いね」

「もう十二月だしな」

時が経《た》つのは早いもので、今年も残すところ一ヶ月を切った。

選挙が終わればすぐ期末テスト。

それを乗り越えればクリスマスがやってきて、夢の正月と冬休みが待っている。

本日の空は雨でも降りそうな灰色で、乾燥した冬の外気が容赦なく体温を奪っていく。

寒がりの瑞葉は制服の上から軽めのコートを羽織っているが、家を出たばかりなのに頬《ほお》が少し赤くなっていた。

「今年は雪、降るかな？」

「どうだろうな」

瑞葉の問いに曖昧に返す。

長くこの街に住んでいるが、冬でも雪が降ることはほとんどない。

降っても年に二、三回。

それも、降ったとしても積もることはなく、すぐに消えてしまう程度のものだ。

「祖父《じい》さんのところは雪がすごいみたいだけどな」

「テレビでよく見るけど、降雪地帯の人って雪かきとか大変そうだよね」

「瑞葉は寒がりだから住めないだろうな」

「あはは、そうかも」

少し笑って、彼女は話題を切り替える。

「兄さんは、今日も選挙のお手伝い？」

「ああ、そのつもりだ」

「投票日、明日だもんね」

明日はついに選挙戦の最終日。

体育館で候補者ふたりが演説を行ったのち、生徒による投票が行われる予定だ。

「頑張ってね？　わたしも応援してるから」

「ありがとう」

もちろん、全力で票を取りにいくつもりだ。

ただ、ひとつだけ気がかりなことがある。

（……鬼塚《おにづか》さん、大丈夫かな？）

連絡先を交換した乾《いぬい》先輩曰《いわ》く、恵《めぐみ》とは連絡が取れない状態らしい。

あからさまに着信拒否してるらしいので、本気のスルーモードである。

となると、こちらから接触するのも難しいだろう。

同じクラスの慧輝《けいき》でも、話しかけた途端に逃げられる公算が大だ。

恵と直也《なおや》が両想《りょうおも》いだと知っているのは慧輝だけ。

うまくふたりをくっつけようと策を弄してみたが、むしろ溝を深めてしまった。

その責任は取らないといけない。

誤解を抱いたままの恵を生徒会長にするわけにはいかないし、彼女達がちゃんと想いを伝え合えるよう、明日の投票で藤本《ふじもと》陣営が勝利を収める必要がある。

「結局は、選挙で白黒つけるしかないってことか……」

昨日も新聞部が最新の支持率を発表したが、結果は最初とほぼ変わらなかった。

愛梨《あいり》の予想通り、恵を支持する恋愛アンチは増えなかったのだ。

明日の演説会さえ無事に乗り切れば、半数以上の支持を集める彩乃《あやの》が滞りなく生徒会長に就任できる。

恵には、そのあとでゆっくりと事情を説明すればいい。

そんな計画を思い描いていたら、いつの間にか学校に到着していた。

「……ん？　なんだろう？」

「人が集まってるね」

瑞葉《みずは》とふたりで校舎に入ると、生徒玄関の掲示板の前に生徒達が集まっていた。

「あっ、桐生《きりゅう》先輩！　大変です！」

「長瀬《ながせ》さん？」

「こっちきてください！」

慌てた様子の愛梨が駆け寄ってきたかと思うと、乱暴に手首を掴《つか》まれ、掲示板の前に連れていかれる。

「これ、見てください……」

「……え？」

その二枚の写真は白い紙に並べられた状態で、わざわざ彩乃の選挙ポスターの上に貼られていた。

「なんだよ……これは……」

右の写真には自販機の傍《そば》で彩乃にハグされた慧輝の姿が収められており、左の写真は廊下で志帆《しほ》に抱き寄せられた慧輝が、彼女の胸に顔を埋《うず》めた瞬間を捉えたものだった。

一定以上の親密さを見る者に印象付ける二枚の写真。

写真の下の空白部分には、黒のマジックで『2年B組の桐生慧輝は二股をかけている！』と書かれていた。

あとがき

※ネタバレを含みますので本編未読の方はご注意ください。

変好き九巻のお買い上げ、ありがとうございます。

今回は久しぶりの新キャラということで、クラスメートの鬼塚《おにづか》さんが登場しましたがいかがでしたでしょうか？

オタサーの姫みたいな立ち位置の子を出したいと思っていたので、念願が叶《かな》って嬉《うれ》しいです。

鬼塚さんのチャームポイントはお姫様みたいなふわふわのロングヘアと、くだけた話し方とのギャップですね。

幼馴染《おさななじみ》のために生徒会長に立候補するなんて一途というか、猪突猛進《ちょとつもうしん》というか……

そして満を持しての再登場となった文実の委員長。

そう、文化祭の時に悲惨な目にあった彼です。

再登場してすぐ真緒《まお》にネタを提供してしまうあたり、彼はそういう星のもとに生まれたんだなぁと。

何気に七巻の挿絵に眼鏡ありバージョンの乾《いぬい》先輩がちらっと載っているので、興味のある方は探してみてください。

そんなこんなで九巻は林間学校に生徒会選挙とイベント尽くしの回でした。

瑞葉《みずは》がストリップショーを開催したり、慧輝《けいき》と南条《なんじょう》がいろんな意味で仲を深めたり、今回も濃い内容になったかなと。

唯花《ゆいか》ちゃんや紗雪《さゆき》先輩の出番が少なめだったので、次はこのふたりのエピソードもたくさん書きたいですね。

生徒会選挙と鬼塚さんの恋のゆくえは次回に続きます。

本編も十二月に入り、今後はどんどん冬らしいイベントも増えていくと思いますのでご期待くださいませ。

そういえば、六巻のあとがきで変好きグッズを詰め込んだ段ボールの話をしたんですが、手が空いたら片付ける的なことを言っておいて未《いま》だに片付いておりません。

むしろ、前より段ボールが増えているような……

今年中には棚やらラックやらを買って片付けようと思います。今度こそはきっと。

本編のほうもまだまだ頑張って参りますので、これからも応援して頂けたら嬉しいです。

それでは次は、十巻でお会いしましょう。

花間燈《はなまとも》

MF文庫J

可愛ければ変態でも好きになってくれますか？ 9

2019 年 12 月 25 日　初版発行

著者　花間燈

発行者　三坂泰二

発行　株式会社 KADOKAWA
〒 102-8177 東京都千代田区富士見 2-13-3
0570-002-001（ナビダイヤル）

印刷　株式会社廣済堂

製本　株式会社廣済堂

Printed in Japan　ISBN 978-4-04-064185-0 C0193

●お問い合わせ（メディアファクトリー ブランド）
https://www.kadokawa.co.jp/（「お問い合わせ」へお進みください）
※内容によっては、お答えできない場合があります。
※サポートは日本国内のみとさせていただきます。
※Japanese text only

◇◇◇

【 ファンレター、作品のご感想をお待ちしています 】
〒102-0071 東京都千代田区富士見2-13-12
株式会社KADOKAWA　MF文庫J編集部気付「花間燈先生」係「sune先生」係